JULES SAINT-CRUZ

LaLaurie

ROMAN

TEIL 1:

DUNKLE SPIELE

www.lustzeilen.de

Vollständige Taschenbuchausgabe Mai 2015
© 2014 Jules Saint-Cruz / Juliane Käppler
Umschlagsgestaltung: Andreea Barbulescu
Coverimage: conrado/ www.bigstockphoto.de
Herstellung und Verlag: Books on Demand GmbH, Norderstedt

ISBN: 978-3-7347-84712

JULES SAINT-CRUZ
LA LAURIE – DUNKLE SPIELE

There is, one knows not
what sweet mystery about that sea,
whose gently awful stirrings seems to speak
of some hidden soul beneath.

(Herman Melville)

KAPITEL 1

»Ey! Träumst du?!«

Tara fuhr herum und erschrak, da sauste der Radfahrer schon vorbei. Ihre offene Autotür und sie selbst verfehlte er knapp, spuckte Beschimpfungen aus und radelte weiter. Wegen des Vollmondes war es zwar heller als in anderen Nächten, doch der Mond war nun einmal keine Glühbirne. Sein Licht tunkte die Stadt lediglich in Silber, ohne sie wirklich zu erhellen.

»Wie wär's mit einer Lampe am Rad?«, rief Tara ihm nach. »Die schaltet man nämlich ein, wenn man nachts unterwegs ist.«

Der Typ brüllte etwas zurück, das sie nicht verstand. Besser war das vielleicht; manche Dinge sollte man einfach überhören. Sie schlug die Fahrertür zu, verschloss das Auto und überquerte die schmale Straße. Selbst am Tag war es hier eher still, wer rechnete also um fünf Uhr morgens mit einem Radfahrer?

Auf der anderen Seite ging Tara zur Mauer, die das Grundstück zu vier Seiten umgab. Nur die Treme Street, in der sie sich befand, eignete sich für ihr Vorhaben. An der Conti Street standen Wohnblocks, in denen immer jemand nach einem Grund zum Wichtigmachen suchte, während auf der St. Louis Street zu viel Verkehr unterwegs war. Erst recht auf der zweispurigen Basin Street, hinter der das French Quarter begann.

Tara strengte die Augen an, um in der Dunkelheit einen brauchbaren Gegenstand an der Mauer zu finden, den andere stehen gelassen hatten. Weil sie nichts entdeckte, wechselte sie die Straßenseite abermals und lief zu einem Gelände, auf dem sich ein Schrotthandel befand. Dort standen immer Container mit entsorgtem Hausrat. Sie musste nicht lang suchen, schnappte sich einen klapprigen Holzstuhl und kehrte um.

Der Vorwurf des Radfahrers hallte in ihr nach. Ob sie träumte, hatte er gefragt, ohne es als Frage zu meinen. Natürlich war es ein Vorwurf gewesen. Das war es immer.

»Hör auf zu träumen!«, war der Lieblingssatz ihres Vaters. In ihren dreiunddreißig Jahren hatte sie ihn gefühlte tausend Mal gehört. Früher, wenn sie ein paar Sekunden zu lange in ihrem Müsli gerührt oder von einer allzu fantastischen, über Nacht gelesenen Geschichte erzählt hatte; später, als sie ihm klar gemacht hatte, dass sie Englisch statt Jura studieren würde; heute, wenn sie sich rechtfertigte, warum die Gründung einer Familie nicht ihr bedeutendstes Lebensziel war. Genau genommen zählte das noch nicht zu ihren Zielen.

»Hör auf zu träumen!«, hatte ihre Nicht-Mutter geschrien, als sie mit weißen Schuhen und Strümpfen durch eine Pfütze gestolpert war, und ihr eine Ohrfeige gegeben. Nicht nur dieses eine Mal und oft in Verbindung mit diesem Satz.

»Hör auf zu träumen!«, war Andrews erste Reaktion beim Zuknöpfen der Hose gewesen, nachdem er seinen Schwanz aus der Praktikantin gezogen hatte. Danach hatte er ihr einen Vortrag über den Unterschied zwischen geistiger und körperlicher Treue gehalten, den sie nicht zu Ende angehört hatte.

»Träum weiter«, sagte Ben immer mal wieder und lächelte dazu – kein ehrliches Lächeln, nicht mal ein schönes Lächeln.

Tara stellte den Stuhl vor die Mauer, zog ihre Jacke aus und warf sie auf die andere Seite, weil deren Leder sie einengen würde. Gerade stieg sie auf den Stuhl, raffte ihre Haare im Nacken zusammen und schlang ein Gummiband darum, da hörte sie Stimmen.

Aus der St. Louis Street kamen zwei Frauen. Ihr Kichern und der wankende Gang ließen darauf schließen, dass sie sich im French Quarter in einer Bar betrunken und dann, wie viele andere, auf den Straßen herumgetrieben hatten. Sie unterhielten sich in einer Sprache, die wie Schwedisch klang, aber auch Dänisch oder Norwegisch sein konnte. Nordeuropäisch war das jedenfalls.

In der Hoffnung, unentdeckt zu bleiben, stemmte sich Tara auf die Mauer und wollte schnell hinüber, da kreischten die Frauen und tippelten herbei.

»Was machst du da?«, fragte eine mit Akzent.

Tara sah über die Schulter zu den beiden hinunter. Blond waren sie und niedlich, ganz sicher Nordeuropäerinnen.

»Na, was wohl. Ich steige über eine Mauer.«

Sie zog erst ein Bein hoch, dann das andere, was wegen ihrer Absätze eine gauklige Sache war, drehte sich zur Seite und setzte sich, ließ die Beine zu jeweils einer Seite baumeln.

»Was ist hinter der Mauer?«, fragte die andere.

Tara wandte den Kopf, obwohl sie die Antwort kannte. »Gräber«, entgegnete sie in gleichmütigem Ton.

Die Frauen gaben Laute des Grusels von sich, kicherten aber wieder. »Warum tust du das?«

»Ich bin der Friedhofswärter. Hab den Schlüssel von innen stecken lassen.« Sie streckte die Hand nach dem Stuhl aus. »Könnt ihr mir den mal reichen, den brauch ich im Büro.«

Noch immer amüsiert hielten ihr die Frauen den eigentlich leichten Stuhl gemeinsam hin. Tara hob ihn über die Mauer und ließ ihn auf der anderen Seite fallen, froh, sich keine Gedanken über den Rückweg machen zu müssen.

»Können wir mit?«, fragte eine der beiden und wurde dafür von der anderen in die Seite geknufft.

»Wir öffnen um neun.« Tara zuckte mit den Schultern. »Sorry.«

Sie sprang von der Mauer und lauschte. Sobald sie die Frauen weitergehen hörte, bückte sie sich nach ihrer Jacke und zog sie an. Aus dem Schatten zweier Grabstätten trat sie auf den Pfad, einen von vielen – mal waren sie mit Betonplatten belegt, mal erdig. Übersät mit Stolperfallen, gerade im Dunkeln, wenn man sich nicht auskannte. Tara kannte sich aus. Sie kam oft hierher, immer in der Nacht, und nie nutzte sie den Haupteingang, denn der wurde schon am Nachmittag verriegelt. Dies war einer ihrer liebsten Orte in der Stadt. Er beruhigte sie. Die meisten anderen Menschen ängstigte er vielmehr.

Der Saint Louis Cemetery I war der kleinste der drei geschichtsträchtigen Friedhöfe von New Orleans, zu denen Touristen in Scharen pilgerten. Schon allein deshalb blieb Tara nur die Nacht. Der Friedhof war wie eine winzige Stadt, denn jedes der etwa tausend Gräber war ein Häuschen, eine Gruft genau genommen, an deren Seiten Palmen oder Blumen wuchsen. Zu Zeiten der Eröffnung, gegen Ende des achtzehnten Jahrhunderts, bestattete man noch unterirdisch, doch weil die im hohen Grundwasser schwimmenden Toten im folgenden Jahrhundert eine Reihe von Seuchen ausgelöst hatten, wurden bald nur noch oberirdische Bestattungen durchgeführt.

Tara kannte die meisten Gräber, die der berühmt-berüchtigten Einwohner von New Orleans zumindest. Sie wusste, wo die ehemaligen Industriellen, Playboys und Piraten ihre letzten Ruhestätten hatten, aber auch bekannte Frauen. Nicht ohne Schaudern passierte sie die Krypta von Delphine LaLaurie, eine Sadistin, die Sklaven zu Tode gefoltert hatte. Ihr Haus im French Quarter war das am häufigsten besuchte Spukhaus der Stadt. Heute gehörte es dem Schauspieler Nicolas Cage, der ein Faible für Düsterheit zu haben schien, denn seine eigene pyramidenförmige Krypta hatte er auf dem Cemetery I bereits aufstellen lassen. Hell und edel strahlte sie inmitten der vielen von Wind und Wetter angegriffenen anderen Gruften. Vor einigen brannten Totenlichter, auch vor der Gruft, in der Überlieferungen zufolge die Gebeine von Marie Laveau lagen. Kontinuierlich befand sich das Grab der legendären Voodoo-Priesterin im Fokus von kommerziellen Voodoo-Touren und war von oben bis unten mit blutroten X bekritzelt. Für die Erfüllung eines Wunsches zeichneten Besucher ein X an die Krypta, legten ihre Hand darauf, rieben ihren Fuß dreimal dagegen und warfen eine Münze in eine danebenstehende Tasse.

Tara glaubte daran so wenig wie an die Geschichte von Laveaus schwarzem Kater. Angeblich streunte er noch herum, und begegnete man ihm, sollte man das Weite suchen, ihm bloß nicht in die Augen schauen, sonst wäre man verflucht.

Sie blieb stehen, als sie die Töne eines Saxophons hörte. Den Kopf in den Nacken gelegt, blickte sie in den allmählich heller werdenden Himmel und sog die Melodie in sich auf. Die wurde lauter, als der Musiker auf der Basin Street, in deren Nähe sie sich inzwischen befand, herankam. Vermutlich, um sich den Heimweg zu verkürzen spielte er sein Lied. Ein schönes, aber schwermütiges, das entweder von verlorener Liebe erzählte oder vom Hungerlohn, den er für seine Kunst bekam. Die Melodie verklang im Motorengeräusch von Autos, und Tara wollte weitergehen, da bemerkte sie ein Licht. Als der Schein einer noch entfernten, aber kräftigen Taschenlampe den Boden zu ihren Füßen abtastete, sprang sie hinter eine Krypta, wartete einen Moment und lauschte. Sobald ihr Herzschlag leiser war, schlich sie zwischen den Gruften und der Mauer entlang, um zu der Stelle zu kommen, an der sie den Stuhl hatte stehen lassen.

Nie war sie erwischt worden. So viele Male zuvor war sie hier gewesen, ohne wortwörtlich behelligt zu werden. Keinen Zweifel hatte sie, dass es die Cops waren, denn einen Wächter hatte der Friedhof nicht. Weil es ein unrentabler Posten war, sandte die Stadt lediglich eine Streife um den Block, und normalerweise hielt der Wagen nicht mal an. Gab es für die Polizei in New Orleans heute so wenig zu tun, dass sie sich mit Funzeln auf dem Cemetery I herumtrieb?

Tara huschte über einen querverlaufenden Pfad in den Schatten der nächsten Gruft, konnte den Stuhl schon erkennen, eilte weiter und stolperte. Um nicht zu fluchen, biss sie sich auf die Lippen und rappelte sich auf, da erfasste sie der Lichtkegel. Nun galt es, die Füße in die Hand zu nehmen.

Hinter ihr tönte der bekannte Befehl, der bis heute nie ihr gegolten hatte: »Stehen bleiben, Hände über den Kopf!«

Du kannst mich mal!, schimpfte sie im Stillen und rannte los. Sie hatte einen vollen Terminkalender und keine Zeit für Poker im Knast. Steine knirschten unter ihren Schuhen, und einmal knickte sie auf dem Absatz um. Sie schaffte es jedoch zum Stuhl, sprang auf die Sitzfläche und wollte sich auf die Mauer stemmen.

»Halt!«, bellte der Cop hinter ihr. »Keine Bewegung oder ich schieße!«

Tara schnaubte und gab auf. Mit vor der Brust verschränkten Armen drehte sie sich um und blinzelte gegen das grelle Lampenlicht. Dass der Cop in der anderen Hand eine Waffe hielt, war anzunehmen.

»Ich sage, beweg dich und du bist tot!«, hörte sie als nächstes und dachte an eine Erwiderung, die sie aus dem 90er Jahre Kultfilm *The Crow* kannte: *Und ich sage, ich bin schon tot und ich beweg mich …* Da sie im Gegensatz zu Eric Draven alias *Die Krähe* quicklebendig war, schwieg sie und hielt still. Währenddessen nahm der Cop die Taschenlampe runter und ließ seinen am Wagen wartenden Kollegen über Funk wissen, dass er jemanden geschnappt hatte. Danach leuchtete er Tara erneut ins Gesicht und fragte: »Was treiben Sie hier?«

»Ich gehe spazieren«, antwortete sie. »Und wie steht's mit Ihnen?«

»Auch noch frech werden, was!«, schnauzte er und wedelte mit der Funzel. »Runter da, Madame, Sie spazieren jetzt mit mir hier raus.«

»Wenn's nicht allzu lange dauert. Ich hab heute noch …«

»Still jetzt!«

Tara klappte den Mund zu und stieg vom Stuhl. Als der Cop sie aufforderte, die Hände auszustrecken, tat sie ihm den Gefallen. Ein zweites Schnauben verließ ihren Mund, weil er Handschellen um ihre Gelenke klickte.

»Hey, ist das echt nötig?«

»Das ist Vorschrift«, antwortete er und führte sie zum Haupteingang des Friedhofes, hinter dem der Streifenwagen wartete.

***

Wenig später erreichten sie das Kommissariat des achten Bezirks, dessen Beamte für den Business District und French Quarter zuständig waren. Tara musste ihre ID und Fingerabdrücke abgeben. Danach wurde sie vor eine Tapete gestellt, die ihre Körpergröße von eins fünfundsiebzig bestätigte. Man drückte ihr ein Schild in die Hand, auf dem NOPD, kurz für New Orleans Police Departement, sowie das Datum und eine Festnahme-Nummer standen.

Und das wegen eines verdammten Spaziergangs!, schoss es ihr durch den Kopf, während das Blitzlicht der Kamera im kargen Raum gewitterte. Hier vertrieb man sich mit ihr die Zeit und draußen brachten sich Leute um, jagten sich eine Überdosis in die Ader oder sprangen von der Crescent Bridge in den Mississippi.

Der Cop mit der Kamera wollte gehen, doch Tara hielt ihn zurück.

»Kann ich die Bilder mal sehen?«

Er runzelte die Stirn.

»Wenn sie mir nicht gefallen, machen wir dann neue?«

Tatsächlich kam er zu ihr und hielt ihr das Display unter die Nase. Tara warf einen Blick darauf und verkniff sich ein Grummeln. Sie war nicht eitel, fand die Fotos aber schlichtweg grauenvoll. Ihre langen, schwarzen Haare waren vom Mauerklettern noch zusammengebunden, dies natürlich ohne besondere Sorgfalt. Ein Blitzen in ihren dunklen Augen verriet, was sie von der ganzen Angelegenheit hielt, und es wurde sogar akzentuiert von einer hochgezogenen Braue und einem verkniffenem Mund. Dank des scharfen Kontrastes ließen ihre schwarze Jacke und das darunter sitzende gleichfarbige Shirt ihre Haut kalkweiß wirken.

»Anspruch auf ein zweites Bild haben Sie aber nicht«, sagte der Cop und wollte verschwinden.

»Na gut. Und wie geht es nun weiter?«

»Sie warten.«

»Auf was denn, verdammt? Ich war spazieren, mehr nicht.« Sie sah auf die Uhr. »Ist doch gleich sieben. »Ist Ethan nicht schon da?«

Der Cop wandte sich zu ihr um. »Ethan?«

»Ethan McAllister.« Tara setzte sich auf einen Tisch. »Ihr Chef.«

»Der … der kommt sicher gleich«, stotterte er plötzlich verunsichert. »Hat aber bestimmt andere Dinge …«

»Hat er nicht, verlassen Sie sich drauf!«

Wie auf Kommando wurde die Tür geöffnet, und ein breitschultriger Mittvierziger betrat den Raum. Seine Haare waren auf wenige Millimeter getrimmt, was er sich wegen seines perfekt geformten Schädels erlauben konnte. Ein naviblaues T-Shirt spannte über seiner Brust, eine hellere Jeans über seinem Hintern – natürlich trug er keine Uniform. Er fuhr auch nicht Streife, sondern hatte als Police Commander des Bezirks tatsächlich andere Dinge zu erledigen. Dem Cop mit der Kamera nickte er zu und schickte ihn raus, dann musterte er Tara aus seinen eigentlich schönen blauen Augen.

»Kannst du das nicht endlich lassen?« Er klang genervt. »Hab ich dir nicht gesagt, eines Tages erwischen sie dich?«

Tara mochte den Ich-hab's-dir-ja-gleich-gesagt-Satz nicht, also blieb sie still.

»Und komm mir nicht wieder mit dem Spaziergang! Du bist eingebrochen, zum wievielten Mal, das lassen wir mal beiseite, hast die Stadt also um Einnahmen betrogen. Diverse Beschädigungen an Gruften könnte man dir in der Folge unterstellen …«

»Ach Ethan, hör auf! Ich würd echt gern los, denn mein Auto steht ja noch am Friedhof. Bis hoch zum See brauche ich bei dem Verkehr jetzt sicher eine halbe Stunde. Meine erste Vorlesung beginnt um neun. Und ich müsste vorher noch in die Bibliothek.«

Seine Mundwinkel zuckten. Er schlenderte näher und sagte: »Was denn, Miss PhD, bist du etwa nicht wie sonst gnadenlos gut vorbereitet? Was hast du stattdessen getrieben, gestern Nacht, außer auf dem Friedhof herumzuspazieren?«

Früher hatte Tara Ethans Kosenamen witzig gefunden, aber inzwischen nervte es, wenn er sie Miss PhD nannte, denn er tat es, um sich ihr auch auf geistigem Niveau überlegen zu fühlen. Das brauchte er und blendete damit aus, was ihm missfiel. Er wollte keiner Frau in irgendeiner Weise unterlegen sein. Schon gar keiner zwölf Jahre jüngeren. Und erst recht nicht, wenn er es für möglich hielt, dass er sie heiratete. Dabei hatte Tara den Doctor of Philosophy nicht gemacht, um sich oder Ethan oder irgendjemanden etwas zu beweisen, sondern um für ein vernünftiges Gehalt an der Uni unterrichten zu können, statt als wissenschaftliche Mitarbeiterin ewig ein Handlanger zu bleiben. Die Art und Weise, wie er seine Frage formulierte, ärgerte sie, denn sie schuldete ihm keine Rechenschaft.

»Was soll das, Ethan? Hier sind doch genug andere, die du anstänkern kannst.«

Er verschränkte die Arme, wodurch die Muskeln hervortraten und seine Brust noch massiver wirkte. Dicht vor Tara blieb er stehen und ließ ihr keine andere Möglichkeit, als ihm in die Augen zu schauen.

»Es macht mir Spaß, dich anzustänkern, das weißt du doch. Genau genommen habe ich das ziemlich lange nicht mehr getan … Dabei wird mein Schwanz hart, wenn ich dich nur sehe.«

Tara war zu sauer, um Lust zu verspüren. Davon abgesehen brauchte sie dafür länger als er. Sie musste ein Vorspiel haben, verbal oder körperlich. Die Erwähnung seines harten Schwanzes genügte gewiss nicht.

»Beim letzten Stänkern …« Ethans verschränkte Arme berührten Taras Brust, sein Atem fuhr über ihre Haut. »Da lagst du bäuchlings über meinem Schreibtisch, deine Füße und Hände in Handschellen, die bei jedem Stoß geklimpert haben.« Er strich mit seinem Mund über ihre Oberlippe. »Erinnerst du dich?«

Sie wich zurück. Viel Platz gewann sie dabei nicht, schließlich saß sie noch auf dem Tisch. Und was die Erinnerung anging – die war recht klar, doch momentan unerwünscht. Als sie aufstand, kam sie Ethan erst noch näher, schob sich dann aber an ihm vorbei.

»Ich habe eine Überraschung für dich«, sagte er, ohne sich umzudrehen. »Eine geniale Sache, aber eigentlich hast du sie gar nicht verdient, kleine Einbrecherin.«

Ethans Überraschungen waren zumeist sexueller Natur. Tara musste ihm zugutehalten, dass er einfallsreich war und ihren Sexmotor damit in Schwung brachte. Im Übrigen war Sex genau die Sache, die sie und ihn seit Jahren verband. Bedauerlicherweise gab es Leute, die diese Verbindung anders interpretierten.

»Überrasch mich«, antwortete sie und zog ihre Jacke an.

Er wandte sich zu ihr um, wollte ihre Reaktion nicht verpassen. »Nächsten Samstag findet im Bayou ein Spiel statt. Das würde dir ohne Zweifel gefallen.«

»Was für ein Spiel?«

»Eins für Paare. Einer ist der Läufer, der andere der Fänger.« Er lächelte. »Ich würde mich freuen, wenn du meine Läuferin wärst und ich *versuchen* dürfte, dich einzufangen.« Mit der besonderen Betonung schloss er aus, dass Tara eine Chance hatte, ihm zu entkommen … bei diesem Spiel, für das das Sumpfland des Bayous ohne Zweifel perfekte Voraussetzungen bot.

Dass Ethan eine Einladung zu einem solchen Event erhielt, wunderte Tara nicht. Es war nicht das erste Mal. Er hatte Kontakt zu bestimmten Kreisen der Stadt und einen Teil seiner im Keller befindlichen Zellen erst letzten Monat für den Dreh eines Pornos bereitgestellt.

»Kommst du mit?«, fragte er.

Tara zögerte. Ihre Neugier wollte sie nicht abstreiten, Ethan so schnell aber auch nicht zusagen.

»Kann ich bitte meine ID zurückhaben und mein Telefon? Ich muss mir ein Taxi zum Friedhof rufen.«

»Nicht ohne deine Antwort.«

Sie zuckte mit den Schultern. »Ich schau mal, was ich nächstes Wochenende vorhabe.« Gar nichts, aber das brauchte er nicht zu wissen. »Ich sag dir morgen Bescheid.«

»Spätestens.« Bei ihr angekommen, gab er ihr einen kurzen, kühlen Kuss auf den Mund. »Und jetzt flieg, kleine Miss PhD, flieg zu deinen Studenten!«

Tara ließ sich das nicht zweimal sagen.

KAPITEL 2

Die University of New Orleans lag im Norden der Stadt am Ufer des Lake Pontchartrain, dem größten der Seen, die die Metropole umgaben. Der Golf von Mexico, mit dem der Fluss verbunden war, machte sein Wasser salzig.

An normalen Tagen, wenn sie nicht festgenommen oder anders aufgehalten wurde, brauchte Tara eine Viertelstunde von ihrem Haus in West Riverside bis zur Uni, die in Gentilly lag. Zwischen sieben und acht Uhr, vor der morgendlichen Rushhour, war sie immer unterwegs, und das allabendliche Verkehrschaos blieb ihr erspart, weil sie nach der letzten Vorlesung oft stundenlang in der Bibliothek stöberte. Sie liebte diesen Ort, so sehr wie den Friedhof – und auch hier war sie am liebsten allein. Nur am späten Abend war das möglich. So gern schlenderte sie zwischen den bis zur Decke reichenden Bücherwänden, manchmal suchend, manchmal offen dafür, von Büchern gefunden zu werden. Voller Ehrfurcht zog sie Jahrhunderte alte, von Staub bedeckte Bände hervor, klappte sie auf und las darin, um den Studenten ihrer Kurse von ihrer Entdeckung zu berichten – neben dem üblichen Lehrstoff der Vorlesungen, die sie im Studiengang Literaturgeschichte anbot.

An der Uni war sie eine Expertin für amerikanische Literatur. Ihre Vorlesungen beschäftigten sich mit allen Epochen, begonnen bei der Kolonialzeit über die Aufklärung und die Romantik bis hin zur Moderne und Postmoderne. Die neuen Studenten, die im vergangen Monat begonnen hatten, wussten es noch nicht, aber alle anderen kannten Tara als eine Liebhaberin der Dunklen Romantik, die Poes Gruselgeschichten und -gedichte für einzigartig hielt, Hawthornes *Scharlachroten Buchstaben* und Melvilles *Moby Dick* für die Meisterwerke des neunzehnten Jahrhunderts. Die Zeit, in der sie mit den Erstsemestern darüber sprechen würde, kam erst noch. Aktuell bereitete sie den Übergang zur Aufklärung vor, und wegen eines Werkes dieser Epoche hatte sie am Morgen nach ihrem Friedhofsspaziergang in die Bibliothek gewollt, doch sie war zu spät gekommen und am Abend total erledigt pünktlich nach Hause gefahren.

Heute endlich, im Anschluss an ihre letzte Vorlesung vor höheren Semestern über die literarische Rolle der Biographie, schaffte sie es. Der Bibliothekarin Charlene sagte sie Bescheid und machte sich auf die Suche nach dem Buch, in dem sie John Edwards *Sünder in den Händen eines zornigen Gottes* finden würde. Der auf einer Predigt basierende Aufsatz hatte noch viele Jahre nach seiner Veröffentlichung so viel Eindruck gemacht, dass er immer wieder nachgedruckt worden war.

Nachdem sie Kopien angefertigt hatte, las sie an einem der Tische, den Schein der Lampe auf den Seiten. Um sie herum saßen Studenten, die Köpfe über Bücher gebeugt, manche in ihre Lektüre vertieft, andere müde und gelangweilt. Als es neun wurde und die letzte Stunde der Öffnungszeit angebrochen war, packten sie nach und nach zusammen. Eine Stunde später war Tara allein.

»Was hören wir heute, Schätzchen?«, rief Charlene von irgendwo.

Tara hob den Kopf, suchte die in Schummerlicht getunkte Halle ab und entdeckte die Bibliothekarin in der zweiten Etage. Die kräftigen Arme auf das polierte Geländer gestützt, sah sie zu ihr hinunter, warf die dicken Dreadlocks über ihre Schultern und lachte. Wegen ihrer dunklen Haut wirkten ihre Zähne blendend weiß.

»Worauf hast du Lust?«, rief Tara hinauf.

Charlene wiegte den Kopf hin und her. »Was Neueres, die ganzen toten Typen haben wir erst letzte Woche gehört.«

Mit den toten Typen meinte sie Bach, Mozart, Händel, Chopin und Beethoven.

Tara hatte eine Idee. »Clint Mansell?«

»Großartiger Vorschlag«, sagte Charlene und verschwand.

Wenig später erklangen die dunklen Töne von *Death is the Road to Awe*, dem Soundtrack des Films *The Fountain*. Mit einem ähnlich düsteren Stück, das er für *Requiem for a Dream* komponiert hatte, war der Brite bekannt geworden.

Tara blieb die zehn Minuten, die der Titel dauerte, dann brachte sie das Buch zurück und verabschiedete sich von Charlene, weil sie an einem anderen Ort von einer anderen guten Freundin erwartet wurde.

***

Tara stellte ihr Auto auf den Parkplatz am Woldenberg Park und ging sicher, dass sie es verschloss, denn sie würde erst am nächsten Morgen wieder herkommen.

Um die späte Uhrzeit war der Park nicht mehr touristenüberladen wie tagsüber. Die meisten Besucher von New Orleans saßen beim Essen in irgendeinem Steakhouse oder einer Bar. Die Sonne war längst untergegangen, aber ihre Hitze stand noch zwischen den Bäumen und flirrte über dem Mississippi. Wie typisch für den frühen September schaukelten sich die Temperaturen tagsüber auf über dreißig Grad und fielen nach Sonnenuntergang nur langsam. Es war noch Hochsaison, doch weil die Ferien vorbei waren, kamen weniger junge Leute, sondern vor allem Rentnerreisegruppen in Bussen, um wie Tom Sawyer und Huckleberry Finn über den Mississippi zu gondeln oder auf den Spuren von Anne Rice durch die Straßen zu streifen.

Tara entdeckte einen Raddampfer auf dem Fluss, der bald anlegen würde. Am Steg warteten Musiker. In der Hoffnung auf eine letzte Einnahme spielten sie *Bye Bye Blackbird*. Der Saxophonist zwinkerte Tara zu, als sie eine Fünf-Dollar-Note aus ihrem Portemonnaie zog und in seinen Hut warf. Sie ging weiter, ließ den Park hinter sich und mischte sich unter das Volk im French Quarter. An dessen südöstlichem Ende gab es eine Bar, das Missi Spirits, in der man die besten Cocktails der Stadt trank, ganz einfach weil die beste Barkeeperin sie mixte.

»Hey, wo kommst du jetzt erst her?« Kat umrundete den Tresen, stemmte ihre Hände in die Seiten und versuchte, verärgert zu gucken. »Es ist gleich elf.«

»Zeit genug.« Tara zog ihre Jacke aus und warf sie über einen Barhocker. »Ich war in der Bibliothek, musste noch was nachlesen.«

»Verdammt, du verbringst deinen Geburtstag mit Büchern?«

»Mit deiner Ausnahme und der weniger anderer gibt es kaum bessere Gesellschaft.«

Kat hob die Schultern und ließ sie mit einem Seufzen wieder fallen. »Ach, komm her!« Sie schlang die Arme um Tara und drückte ihr einen Kuss auf die Wange. »Alles Liebe, Süße!«

»Danke, Kat.« Tara erwiderte die Umarmung, doch als sie ihr zu lange dauerte, klopfte sie ihrer Freundin auf den Rücken. »Wie schaut's aus, bekomm ich 'nen Drink?«

Kat gab sie frei und ging hinter den Tresen. »Welchen willst du?«

»Gin Tonic, wie immer.«

Davon konnte sie beinahe so viel trinken wie sie wollte, ohne den nächsten Tag wegen eines Hangovers aus dem Kalender streichen zu müssen. Sie setzte sich und beobachtete Kat bei der Zubereitung. Sie arbeitete nicht allein, sondern teilte sich den Platz hinter dem Tresen mit John, dem Besitzer des Missi Spirit. Geknistert hatte es zwischen den beiden schon lange, und Tara ahnte, dass seit Kurzem mehr daraus geworden war, aber Kat rückte nicht mit der Sprache heraus.

Kat hieß eigentlich Katrina. Seit Meteorologen diesen Namen im August 2005 einem der schlimmsten Hurrikans der Geschichte gegeben hatten vermied sie es, sich so vorzustellen. Ältere Menschen und Frauen gingen dann nämlich meist auf Abstand, wie vor einem bösen Geist, während Männer Sprüche klopften und zum Beispiel fragten, ob Kat sie im Bett wegfegen würde. Beim ersten Blick auf sie vermutete man ohnehin ein höheres Temperament. Kats platinblonde Haare waren an der Seite kurz und in der Mitte hochtoupiert. Sie hatte Piercings im Gesicht und ziemlich viele Tattoos. Tara, die Kat noch als brav aussehendes Mädchen kannte, mochte all die schrägen Äußerlichkeiten an der Freundin und wollte sie sich gar nicht mehr anders vorstellen.

Kat schob Tara den Gin Tonic hin und nahm einen Schluck von ihrer Coke. Tara wollte den Drink gerade kosten, da klingelte ihr Handy. Sie fummelte es aus der Jackentasche und stöhnte genervt, als sie sah, dass Ethan anrief, nahm das Gespräch aber an.

»Hey, was vergessen?«, kam es von Ethan statt einer Begrüßung.

Die Frage konnte sie gut zurückgeben, aber da sie keinen besonderen Wert auf Ethans Glückwunsch legte, verzichtete sie darauf.

»Bin noch nicht dazu gekommen, mich zu melden«, antwortete sie. »Ich komme mit.«

»Klasse, das wird heiß!«

»Ich bin gespannt.«

Tara tauschte einen Blick mit Kat und formte Ethans Namen mit dem Mund. Kat nickte und kümmerte sich um andere Gäste, die an die Bar kamen.

»Und ich erst, Baby, du wirst dein blaues Wunder erleben.«

Tara biss sich auf die Lippen, um Ethan nicht zu erklären, dass das blaue Wunder für eine negative Überraschung stand. Die versprach sie sich gewiss nicht von diesem Ausflug in den Bayou.

»Mein grünes Wunder eher«, sagte sie nur.

»Dann eben das, Klugscheißerin.«

Ethan gab ihr noch Infos zum Dresscode und ließ sie wissen, wo sie sich am Samstagvormittag mit ihrer ID melden musste, um als Teilnehmer eingetragen zu werden, dann schien er zu merken, dass sie nicht zu Hause war.

»Hey, bist du in einer Bar oder so?«

Tara wechselte das Telefon ans andere Ohr. »Ich bin nach der Uni auf einen Absacker gegangen, wieso?«

»Okay ... Also ich bin zu Hause. Falls du vorbeikommen magst ...«

Musste sie drüber nachdenken? Nein. »Ich bin eigentlich müde, Ethan. Ich trink noch aus und bin dann raus.«

»Na gut, aber pass auf dich auf!«

»Mach ich immer, Ethan.«

»Oh, natürlich! Das sehe ich an deinen Friedhofspaziergängen ...«

»Du, ich versteh dich grad nur noch ganz schlecht ... mein Akku ist gleich leer!«

Er wurde sauer. »Lass den Quatsch! Dein Akku hat ganz sicher noch genug Saft.«

Tara gab ein paar abgehackte Laute von sich, um ihn zu überzeugen, dass ihr Handy den Empfang verlor, wobei sie sich einen Seitenhieb auf das Wort Saft nicht verkneifen konnte, dann beendete sie das Gespräch und schaltete das Handy aus. Kat kassierte eine Gruppe Studenten ab und kam wieder zu ihr. Grinsend stützte sie sich auf den Tresen.

»Was ist ein grünes Wunder? Und du hast nicht wirklich vor, nach dem einen Gin Tonic abzudampfen, oder doch?«

»Nein, ich musste ihn bloß loswerden.«

»Wieso eigentlich? Ethan ist doch scharf.« Abschätzend verzog Kat den Mund. »Toller Körper, schöne Augen, küsst sicher auch gut, hat einen klasse Job und ein Haus, ist Single …«

»Telefonier du doch das nächste Mal mit ihm.«

»Mir ist er zu alt.«

»Ach, du bist dreißig und er fünfundvierzig. Was sind schon fünfzehn Jahre bei all den Pluspunkten, die du ihm gibst?«

Kat ging nicht darauf ein, sondern kam auf das grüne Wunder zurück, also erzählte Tara, wohin sie Ethan am Wochenende begleiten würde.

»Hmm …« Kat tippte sich mit dem Finger vor den Mund, als würde sie grübeln. »Du magst Ethan doch, vertraust ihm auch, wenn du so was mit ihm machst.«

»Klar mag ich ihn. Er ist ein guter Kerl, aber er hat manchmal merkwürdige Ansichten, und wir haben keine Beziehung …«

»Was nicht ist, kann doch noch werden.«

»Nach drei Jahren?« Sie schüttelte den Kopf. »Wenn es bis jetzt nicht gefunkt hat, tut es das nicht mehr.«

»Vielleicht verschließt du dich bloß. Wann hat es bei dir schon gefunkt in letzter Zeit?« Kat ließ ihren Blick durch die Bar wandern. »Allein heute sind hier drei Typen, die Interesse an dir haben. Aber du merkst es nicht mal.«

Das war möglich, gestand Tara sich ein. Sie wollte es auch nicht bemerken. Sie war nicht auf der Suche, nicht interessiert an oberflächlichen Bekanntschaften und Männern, die ihr früher oder später vorschreiben wollten, was sie zu tun oder zu lassen hatte. Was Ethan betraf – mit ihm hatte es schon eine Zeit gegeben, in der sie verrückt nach ihm gewesen war, doch die war schnell vergangen und hatte den faden Geschmack der Gewissheit, dass sie zu verschieden waren, zurückgelassen.

»Wach mal auf, kleine Träumerin!«, sagte Kat jetzt. »Was um dich herum stattfindet, während du deine Nase in Bücher steckst, das ist das Leben.«

Weise Worte! Eine grandiose Phrase!

Tara kümmerte sich um ihren Gin Tonic, damit Kat nicht merkte, dass sie sie verletzt hatte. Ohne böse Absicht, aber dennoch. Es tat weh, diesen Satz nun sogar aus dem Mund der besten Freundin zu hören, an ihrem Geburtstag.

Ein blaugestreiftes Tütchen wurde auf dem Tresen in Taras Sichtfeld geschoben. Verwundert sah sie auf.

Kat grinste. »Das hätte ich jetzt beinahe vergessen vor lauter Predigen! Schau mal rein!«

Tara stellte den Drink ab, nahm die Tüte, griff hinein und zog eine Kette heraus. Ein runder, in Silber gefasster marineblauer Edelstein hing daran. Das Symbol, das eingraviert und ebenfalls mit Silber ausgefüllt war, hatte sie schon einmal gesehen. Ein Herz mit besonderen Verzierungen war es.

Mit dem Daumen strich sie über die Gravur, um sie nachzuspüren. »Das ist ein Veve.«

»Ein Veve?« Kat wehrte John ab, der hinzugekommen war, seine Hände um ihre Taille legte und sie kitzelte.

»Alles Gute zum Geburtstag, Tara«, sagte er über Kats Schulter hinweg und flüsterte Kat etwas ins Ohr, das sie lachen ließ.

Tara betrachtete das Amulett abermals. Nur am Rande bekam sie mit, dass John sich wieder um Gäste kümmerte und Kat Gläser spülte, denn sie war fasziniert. Was sie vor sich hatte, war das Veve der Erzulie. Sie war ein weiblicher Loa, ein Geist des Voodoo. Verehrt wurde sie einerseits als Schutzgeist der romantischen Liebe, andererseits als Beschützerin von Frauen vor häuslicher Gewalt. Außerdem galt sie als Schutzgeist von New Orleans. Jedes Detail des Symbols war stimmig. Nur jemand, der sich mit Voodoo auskannte, konnte ein Veve korrekt darstellen und ihm seine vermeintliche Kraft geben. Ein Souvenir, wie man sie en masse in der Stadt bekam, war dieses Schmuckstück also nicht.

Tara fröstelte. Sie schloss ihre Hand um den Anhänger und sah Kat an. Die beobachtete ihre Reaktion mit offenbarem Gefallen.

»Cool, oder?«, fragte sie.

»Woher hast du das?«

»Hauptsache ist doch, es gefällt dir, und wenn du es sogar kennst, perfekt! Da spielt es keine Rolle, woher ich es habe.«

In diesem Fall tat es das absolut. »Das muss teuer gewesen sein. Solche Geschenke kannst du mir nicht machen, Kat.«

Kat trocknete ihre Hände ab und stützte sich auf den Tresen. »Einen Penny«, sagte sie und in ihren Augen funkelte es gewitzt. »Es hat mich einen verflixten Penny gekostet. Noch dazu einen, den ich gerade gefunden hatte.«

Ein neuer Schauder kroch über Taras Rücken.

»Vor dem Dienst bin ich durchs French Quarter gegangen, um ein Geschenk für dich zu kaufen. Eigentlich wollte ich ein Tuch holen, das ich gesehen hatte.« Kat nickte in Richtung Taras Hand, aus der die Kette hing. »Das hatte dieselbe Farbe wie das Amulett, aber egal. Ein paar Meter vor dem Shop entdeckte ich den Penny, hob ihn auf und bemerkte die Frau, die es auch darauf abgesehen hatte.«

»Also wolltest du ihr den Penny geben«, schlussfolgerte Tara.

»Genau. Ich sagte ihr, dass der Glück bringt, aber sie wollte ihn nicht annehmen. Nicht einfach so zumindest. Sie bestand darauf, mir etwas dafür zu geben.«

»Und das war diese Kette …«

Kat nickte. »Sie holte sie aus den Lagen ihres Kittels und zeigte sie mir. Dann hielt sie die andere Hand auf und wartete auf den Penny. Als ich ihn ihr gab, griff sie nach meiner Hand und ließ die Kette hineinfallen. Ich solle sie einer Freundin schenken, sagte sie dazu.«

Tara konnte sich die Szene lebhaft vorstellen und ahnte, wie perplex die eigentlich nicht um Worte verlegene Kat gewesen sein musste.

»Ich warf einen Blick auf den Anhänger«, erzählte die Freundin weiter. »Und als ich aufsah, war die Frau verschwunden.«

Tara trank ihren Gin Tonic aus und schob Kat das leere Glas hin. »Machst du mir bitte noch einen?«

»Klar doch.« Kat nahm ein neues Glas und schraubte die Tonic-Flasche auf. »Ich finde, du solltest sie tragen. Sie passt zu dir, und diese ganze Geschichte ist so spooky, dass das Ding echt nur für dich sein kann.«

»Ich bin also spooky …« Den frotzelnden Unterton konnte Tara nicht abstellen, öffnete aber den Verschluss, legte sich die Kette um den Hals und schloss sie im Nacken. Zuerst lag das Amulett kühl auf ihrer Haut, über ihrem Brustbein, doch schon nach wenigen Sekunden schien es warm zu werden. Währenddessen milderte Kat ihre Behauptung etwas ab:

»Du selbst bist nicht spooky, was du manchmal tust und magst aber schon.« Sie stellte Tara den zweiten Drink hin und setzte eine zufriedene Miene auf. »Steht dir super. Ist wie für dich gemacht. Hast du eine Ahnung, was das Symbol bedeutet?«

Tara wollte nicht sagen, wofür das Zeichen im Detail stand. Sie ahnte, dass Kat sich damit bestätigt fühlen würde, obwohl sie eigentlich die letzte war, die glaubte, dass man so etwas wie Liebe herbeizaubern konnte. Den Aspekt des Schutzes vor Gewalt verschwieg sie erst recht, denn das hätte Kat misstrauisch gemacht, und von der Aggression einer bestimmten Person in ihrem Umfeld erzählte Tara nicht einmal ihrer besten Freundin.

»Es soll seinen Träger einfach beschützen.«

»Aha, na bitte! Damit kannst du also ab sofort sorglos nachts auf Friedhöfen rumschleichen oder, wer weiß, vielleicht verleitet dich …« Sie hob die Hände und malte mit den Fingern Gänsefüßchen. »… die Magie sogar dazu, das zu unterlassen.«

»Jetzt fängst du auch noch damit an.« Tara schnaubte verdrießlich, musste aber schmunzeln. »Bläst ins gleiche Horn wie Ethan.«

»Siehst du, er sorgt sich um dich. Er ist ein toller Kerl, ein Bulle, in zweifacher Hinsicht, der dich beschützt. Mach die Augen auf und schau ihn dir genau an!« Mit diesem Schlussplädoyer verdrückte sie sich ans andere Ende der Bar, um die neu eingetroffenen Gäste nach den Getränkewünschen zu fragen.

Tara legte die Hand über das Amulett und lachte sich im Stillen aus, weil sie ein Brennen auf der Haut zu spüren meinte.

Meine Augen sind offen, sagte sie sich. Weit offen.

KAPITEL 3

Grün war definitiv keine Farbe, die Tara in ihrem Kleiderschrank haben wollte, schon gar kein Olivgrün. Sie fand es dämlich, dass sie nicht in Schwarz kommen konnte. In dieser wundervollen, sanften, anschmiegsamen Nichtfarbe besaß sie so viele Teile, dass sie sich das Samstagsshopping hätte ersparen können.

Alles andere als überzeugt raffte sie ihre Haare, steckte sie mit einer Spange zusammen und drehte sich vor dem Spiegel in der Umkleidekabine des Sportfachgeschäftes, um über die Schulter einen Blick auf ihre Rückansicht zu werfen. Wie eine Soldatin sah sie aus oder wie eine Jägerin, obwohl sie gar nicht jagen sollte. Das war ja Ethans Part. Dachte sie daran, ebbte das nervige Gefühl des Ärgers ein wenig ab und machte Platz für ein Prickeln im Bauch, für die prinzipiell empfundene Vorfreude. Sie war gespannt, so gespannt, dass sie sogar Olivgrün anzog.

Ethan kannte ihre Faszination für das Geheimnisvolle, das Dunkle, das Außergewöhnliche. Er teilte sie, in sexueller Hinsicht zumindest. Echt tollen Sex hatten sie gemeinsam erlebt. Nicht nur auf seinem Schreibtisch oder hinter den Gittern im Keller seines Kommissariats, sondern auch unter der Crescent Bridge, in den wenigen dunklen Ecken des French Quarters und in einem Streifenwagen, in den er sich für den Zweck dann doch gesetzt hatte. Der vor ihnen liegende Abend im Bayou zur Zeit der blauen Stunde, wenn die Sonne schon gesunken, es aber noch nicht dunkel war, versprach ein weiteres unvergessliches Erlebnis – vorausgesetzt, Ethan würde es nicht mit einem Machospruch versauen. Von denen hatte er in letzter Zeit so viele losgelassen, dass Tara aller Vorfreude zum Trotz vorsichtig war. Kam er ihr noch einmal mit sowas wie »Baby, du wirst dein blaues Wunder erleben«, würde er sie gewiss nicht fangen. Sie war nicht sein Baby. Niemands Baby war sie oder wollte sie sein.

Nach einem letzten Zögern entschied sie sich für das Ton in Ton Outfit, das aus einem olivgrünen Muskelshirt und Leggins bestand. Eine kurze Hose oder ein Rock war die Vorgabe, doch wer auch immer die Regeln bestimmte, konnte sie mal kreuzweise, denn sie würde nicht in verdammte Hotpants schlüpfen, um es irgendwem recht zu machen. Um ihrer Rolle als Läufer gerecht zu werden, würde sie außerdem Sneakers tragen – in einem bescheuerten Olivgrün – und nicht in losem Schuhwerk durch den Bayou hechten.

Tara atmete durch, als sie ihre eigenen Sachen wieder anhatte: eine schmale schwarze Hose, eine schwarze Bluse, Pumps und die Lederjacke. Wie von allein flog ihre Hand zum blauen Amulett, das in ihrem Ausschnitt hing. Es kribbelte zwischen ihren Fingern, und sie schloss die Augen für ein paar Sekunden, sah dann auf und schob den Vorhang zurück.

Nachdem die Sachen bezahlt waren, machte Tara sich auf den Weg zu der Adresse, die Ethan ihr genannt hatte. Bis dreizehn Uhr musste sie sich dort für das am Abend stattfindende Spiel mit ihrer ID registriert haben. Namentlich als seine Begleitung angemeldet hatte er sie bereits und auch die Teilnahmegebühr beglichen. Weil sie fürs Shopping zu viel Zeit gebraucht hatte, musste sie sich nun beeilen, düste zu schnell durch das Stadtzentrum nach Lakeview und parkte kurz vor zu spät vor einer Villa, in der eine populäre Immobilienmaklerin der Stadt ihren Geschäftssitz hatte. Sie stieg aus, eilte zum Eingang und die Treppen hinauf zur Tür. Unterwegs fummelte sie ihre ID aus dem Portemonnaie, warf sich Einkaufstüte, Jacke und Handtasche über die Schulter und drückte auf die Klingel.

»Das haben Sie verloren«, sagte jemand hinter ihr.

Tara fuhr herum, schubste ihre Jacke, die nach vorn rutschte, erneut über die Schulter, schob eine Strähne ihrer noch durch die Spange gebändigten Haare hinters Ohr und hielt in der Bewegung inne – als hätte sie ein Blitz getroffen und alle Funktionen lahmgelegt. Die Geräusche der Straße verklangen, als ein Hauch ihre Seele streifte und eine Welle alle Gedanken aus ihrem Kopf spülte. Sie blickte in eisgraue Augen. Dichte, gerade Brauen saßen darüber. Seine dunklen Haare waren aus dem Gesicht gestrichen, einzelne Strähnen fielen ihm in die Stirn. Sein schmaler Mund war ohne ein Lächeln, getrimmte Stoppeln sprossen auf seinen Wangen und dem Kinn.

Tara blinzelte und schalt sich innerlich für ihr Starren – obwohl er dasselbe tat – da hob er ihre ID vor seine Nase und betrachtete sie.

»LaLaurie«, sagte er und gab ihr den Ausweis zurück. »Interessanter Name. Sind Sie verwandt mit …«

»Nein!« Tara nahm ihm die ID ab. »Danke.«

»Keine Ursache.«

Er ging um sie herum und hielt ihr die Tür auf, deren Summer eben ertönte. »Nach Ihnen.«

Tara betrat ein Foyer und wandte sich zu ihm um, weil sie unsicher war, wer nun wohin ging. Wo sie hin musste, hinter die Tür, an der *Anmeldung* stand, wollte sie allein. Er wartete. Tara kämpfte sich aus dem Sog seiner eigenartig hellen Augen und ließ ihren Blick kurz abwärts wandern. Er trug einen grauen Anzug, ein helles Hemd darunter … Bestimmt war er an einer Immobilie interessiert, schlussfolgerte sie, an einem beeindruckenden viktorianischen Stadthaus für sich selbst, Frau und Hund.

Ganz Gentleman ließ er ihr auch den Vortritt in das Büro. Tara drückte die Klinke herunter und versuchte, sich mit einem weiteren Blinzeln aus ihren Gedanken zu holen. Das war schwer, denn sein Kommentar hatte sie irritiert.

Sie war eine LaLaurie. Sie war Tara LaLaurie, und sie hatte absolut nichts mit Delphine LaLaurie, dem auf dem Cemetery I bestatteten Ungeheuer, zu tun. Der Großvater ihres Vaters war wohl verwandt mit einem Vorfahren des Mannes dieser schrecklichen Frau, aber eine gemeinsame Blutlinie gab es nicht. Und wäre die gegeben, hätte Tara sich trotzdem distanziert und es als Beleidigung empfunden, in Verbindung gebracht zu werden. Sie hatte keine sadistische Neigung, sondern lediglich nachgeforscht, um Leuten wie diesem Mann Kontra zu bieten. Das hatte sie gerade irgendwie verpasst.

Im Büro gab sie der Frau hinter dem Schreibtisch ihre ID.

»Miss LaLaurie, okay«, flötete die Dame und klimperte auf ihre Tastatur ein. »Ja, hier haben wir Sie. Sind die Daten auf Ihrem Ausweis insoweit alle korrekt?« Auf Taras fragende Miene fügte sie an: »Wir halten die nur für das Event fest, zum Schutz aller Teilnehmer sozusagen.«

Das war so viel Realität, dass es schon irreal wirkte. Da saß diese Frau in ihrer Rüschenbluse und erfasste ihre Personalien, statt irgendwelcher

Grundstücksspezifikationen, wohl ahnend, was im Bayou abgehen würde.

»Stimmt alles«, antwortete sie.

»Gut.« Die Frau klimperte weiter. »Neunzehn Uhr heute Abend geht's los. Kennen Sie den Weg?«

»Ich fahre mit meinem Partner hin. Der weiß sicher Bescheid.«

Die Frau las nach. »Ah, Detective McAllister! Ja, der war bereits hier.« Mit einem »So!« drückte sie die Enter-Taste und wartete auf das Dokument, das der Drucker ausspuckte, um es Tara zusammen mit einem Stift über den Schreibtisch zu schieben.

»Eine Unterschrift bitte noch, und dann war's das auch schon.«

Tara überflog das Dokument. Ihre im Text festgehaltenen Rechte und Verantwortungen besagten, dass sie das Spiel jederzeit abbrechen konnte und keinen anderen Teilnehmer zu Handlungen gegen seinen Willen zwingen würde. Tara unterschrieb und verabschiedete sich.

»Schönen Tag noch«, rief ihr die Frau fröhlich hinterher. »Und viel Spaß.«

Tara beließ es beim Danke, verkniff sich das Gleichfalls und verließ das Zimmer.

Der Mann war noch im Foyer. An die gegenüberliegende Wand gelehnt, hatte er sein Sakko zurückgeschoben und die Hände in die Hosentaschen gesteckt. Abermals sah er sie so an, ohne ein Lächeln oder eine andere Regung, und wieder fühlte sie sich merkwürdig, als müsste sie etwas tun oder sagen.

»Tschüss!«, sagte sie und fand, dass es falsch klang, dämlich irgendwie.

Sein erwidertes »Tschüss!« hörte sie, da war sie schon an ihm vorbei und auf dem Weg zum Ausgang. Sie wollte die Tür aufstemmen, doch bedauerlicherweise öffnete die nach innen, also rannte sie dagegen. Tara fluchte leise und zog dann sie auf. Mit brennenden Wangen und Ohren stürmte sie ins Freie und lief ein paar Schritte, bis sie sich erinnerte, ihr Auto in der anderen Richtung geparkt zu haben. *Reiß dich zusammen!*, schimpfte sie im Stillen und machte kehrt.

∗∗∗

Kaum eine halbe Stunde dauerte die Fahrt zum Rand des Bayous. Nach einer Siedlung auf Höhe eines Sees lenkte Ethan den Jeep vom Highway auf einen Weg, der über flaches Land führte. Die für die Wetlands typischen, unter Wasser stehenden Böden, aus denen Zypressen wuchsen, gab es hier noch nicht und somit auch keine besonderen Tiere. Die Sümpfe, die sich in dieser Gegend gebildet hatten, waren nicht tief genug, um Schildkröten und Alligatoren Heimat zu sein. Auf den trockenen Flächen standen Hütten, manche gehörten Fischern, andere Bewohnern des Bayous.

»Joice hat Land hier draußen«, sagte Ethan. »Auch ein paar Cottages, die sie vermietet, aber die meisten von denen sind am Lake Saint Catherine. Hier ist wohl nur ein größeres, in dem wir uns gleich treffen, und irgendwelche Hütten gibt es noch.«

Joice O'Brian war die Immobilienmaklerin, in deren Haus Tara am Mittag gewesen war.

»Ist sie auch da?«

»Davon geh ich aus.« Ethan warf ihr einen Blick zu und zwinkerte. »Würd mich nicht wundern, wenn sie selbst mitmacht.«

Wieso er sich dessen so sicher war und wie gut er Joice tatsächlich kannte, wollte Tara lieber nicht wissen. Überhaupt galt ihre Aufmerksamkeit gerade mehr dem Waldstück und den vier davor parkenden Fahrzeugen. Ethan stellte den Jeep daneben, schaltete den Motor aus und strich mit der Hand über Taras Bein.

»Schon feucht?«

»Und wie!« Tara stieg aus. »Siehst du, ich rutsche direkt vom Sitz.«

Die Hände in die Hüften gestemmt, wartete sie auf Ethan. Er verschloss den Wagen, kam dann zu ihr und legte den Arm um ihre Schultern.

»Weißt du, wie scharf du in diesen Klamotten aussiehst? So einen geilen Arsch hast du in der Hose. Ab sofort nenn ich dich meinen Knackfrosch.«

Ja prima, dachte Tara, das war immerhin eine Abwechslung zu Miss PhD. Sie spürte Nervosität in sich hochbrodeln. Die kam aber nicht, weil der Spaß gleich begann, sondern wegen Ethans Arm, mit dem er sie näher an sich zog. Sie fühlte sich eingeengt und wollte ihn abschütteln, doch damit hätte sie sich als Zicke gegeben. Also ließ sie seinen Arm wo er war.

Mit jedem Schritt ein bisschen schlechter gelaunt grübelte sie, ob andere Frauen bei so plumpen Worten Lust bekamen, ob sie sich an seinen Hals werfen und »Bitte besorg es mir sofort!« rufen würden. Sie selbst brachte das einfach nicht über sich, denn sie spürte einen Stolz in sich, der ihr das verbat. Möglichweise lag es auch am falschen Duft. Von Ethans Shirt stieg ein Waschmittelgeruch in ihre Nase, den sie nicht mochte. Ein reguläres Army-Shirt war es, und darunter trug er eine Tarnfleckhose. Seine Boots machten dumpfe Geräusche, als sie dem Pfad durch den Wald folgten, und sein Atem ging schwerer als sonst. Im Geiste hörte sie diese Boots hinter sich stapfen und ihn schnaufen, während sie vor ihm wegrannte, und sie wusste nicht recht, wie sie sich dabei fühlte. Lust bekam sie jedenfalls immer noch keine.

»Da ist es«, sagte er.

Tara entdeckte ein Holzhaus zwischen den hohen, dicht beieinander wachsenden Bäumen. Vom Licht der Sonne, die in ihrem Rücken stand und bald unterging, wurde es abendrot angestrahlt und erweckte einen eigentlich anheimelnden Eindruck. Zwei Feuerkörbe, deren Holz angezündet war, standen zu Seiten der Veranda. Die Planken knarrten unter Ethans Schritten, als er darüberging und die Tür aufzog.

Im nächsten Moment stand Tara an seiner Seite in einer Art Lounge. Die Frau, die nur Joice O'Brian sein konnte, begrüßte sie mit »Na, da sind auch die letzten beiden« und drückte ihnen einen orangefarbenen Drink in die Hand. Campari O.

Tara beschloss, nur daran zu nippen. Ganz sicher würde sie nicht betüdelt durch den Bayou rennen. Während des Spiels wollte sie alle Sinne beinander haben. Neben Ethan, dessen bulliger Körper nun wiederum wie ein Schutzwall wirkte, setzte sie sich auf einen Hocker und sah sich die anderen Teilnehmer an. Da waren ein Typ in den Fünfzigern, der sogar auf ein paar Meter Entfernung nach Geld stank, und seine sicher dreißig Jahre jüngere, dralle Begleitung im bauchfreien Top und Hotpants. An der Bar hockten drei eher unbeteiligt wirkende Typen in blauen T-Shirts, auf die der Name von Joice O'Brians Firma gedruckt war. Sie mussten sowas wie die Security sein. Joice selbst trug ein grünes Minikleid und kuschelte sich an den Waschbärbauch ihres Partners, während ein Paar in den Dreißigern weder die Finger noch die Augen voneinander lassen konnte – schon jetzt nicht. Sie schienen in ihrer Luftblase der Ungestörtheit zu schweben, die Hände und Münder aufeinander. Tara kam sich beinahe vor wie eine Spannerin und sah woanders hin.

Woanders, das war die nächstgelegene Wand. Und dort stand er. Der Mann, in dessen Gegenwart sie am Mittag gegen eine Tür gerannt war. Wie zuvor musterte er sie mit ausdrucksloser Miene. Seine Begleitung war eine blonde Schönheit, die ihm etwas ins Ohr flüsterte und nicht merkte, dass er ihr höchstens die halbe Aufmerksamkeit schenkte.

Prompt irritiert, drehte Tara sich weg und versuchte, Joice zuzuhören. Die erklärte die Grundregeln des Spiels, das in wenigen Minuten beginnen würde: Die Läufer erhielten drei Minuten Vorsprung. Sie konnten sich ein Versteck suchen oder einfach nur Meter gewinnen. Da sich das Grundstück über großzügige achthundert mal achthundert Meter erstreckte, gab es genügend Raum zum Laufen. An der nördlichen, östlichen und südlichen Grundstücksgrenze standen Hütten, die Joice als Safe Houses bezeichnete. Damit man sie im Dunkeln leichter fand, brannten Feuer davor.

»Kein Teilnehmer hat die Safe Houses je in Anspruch genommen«, sagte Joice mit spöttischem Unterton. »Zumindest nicht, um auf den Knopf zu drücken, der hinter der Tür ist, also nicht, um sich abholen zu lassen.«

Ethan beugte sich zu Tara. »Du läufst in Richtung Norden, ja? Ich will nicht unnötig viel Zeit verplempern und das ganze Gebiet nach dir ablatschen.«

Tara wandte sich ihm zu. So viel prickelnde Spannung das Spiel auch versprach, dieser Mann war einfach nicht der richtige Spielgefährte. Sie hätte ihm nie zusagen dürfen, der Neugier wegen, sondern auf ihren Verstand hören sollen.

»Was ist los, Baby? Sag nur, du weißt nicht, wo Norden ist?«

Statt die patzige Antwort zu geben, die auf ihrer Zunge lag, lächelte sie. »Ich weiß das, keine Sorge. Nach Norden also, alles klar.« Ihr Entschluss, dass er sie nicht fangen würde, stand in diesem Moment.

Ethans Blick fiel auf die Kette. »Wo hast du dieses Ding eigentlich her? Willst du das nicht lieber abmachen?«

Tara legte eine Hand über das Amulett. »Das ist ein Geburtstagsgeschenk. Es stört mich nicht.«

»Du hattest Geburtstag?«

»Wie jedes Jahr im September.« Sie stellte ihr kaum angerührtes Getränk weg und drehte sich zu Joice um, die noch etwas sagte.

Auf das Zeichen der Initiatorin nahm einer der Securitymänner eine Stoppuhr. Als er die Sekunden rückwärts zu zählen begann, gingen die Läufer, jeweils die Frauen bei diesem Spiel, auf die Veranda. Die Sonne war inzwischen untergegangen und die Blätter der Bäume verstärkten den Effekt der Dämmerung. Ein Lichtschein flackerte um jeden der Feuerkörbe.

Bei null rannten Taras Mitspielerinnen los und in alle Himmelsrichtungen davon, was bei zweien ziemlich lächerlich aussah, denn sie trippelten eher und kicherten, weil sie in ihren Schühchen stolperten. Tara orientierte sich und machte sich im Trab in Richtung Norden auf, dies nur für den Fall, dass Ethan sie beobachtete. Ein paar Mal schaute sie zurück, und als das Haus außer Sichtweite war, schlug sie einen Bogen und wechselte in den Sprint. In einem weiten Halbkreis hastete sie zwischen den Baumstämmen entlang und umrundete das Haus, um schließlich nach Süden zu laufen. Zuerst wollte sie zur Straße, auf der sie eine Mitfahrgelegenheit in die Stadt finden würde, dann aber fiel ihr ein, dass ihre Tasche mit dem Haustürschlüssel in Ethans Auto lag. Also hielt sie nach dem südlichen Safe House Ausschau. Sie entdeckte das Feuer in der Ferne, da hörte sie Stimmen und stoppte. Um Atem ringend sah sie in die Richtung, aus der die Geräusche gekommen waren und erkannte zwei Gestalten – die beiden Turteltauben, die einander offenbar schon gehascht hatten. Gerade machte sie sich von ihm los und entkam seinen nach ihr greifenden Händen durch ein paar geschicktere Bewegungen. Kichernd rannte sie in Taras Richtung, und natürlich nahm er ihre Verfolgung auf.

Tara versteckte sich hinter einem dicken Baum und hoffte, die beiden würden vorbeilaufen, doch keine fünf Meter von ihr entfernt bekam er sie zu fassen und warf sie mit sich auf den Waldboden. Sie schrie auf und wehrte sich halbherzig gegen seine Berührungen.

Zuerst presste sich Tara an die abgewandte Seite des Baumstammes, eine Hand auf ihrem Herz, das vor Aufregung schneller schlug. Als ihr klar wurde, wie sehr die beiden aufeinander fixiert waren, drehte sie sich um und linste.

Sie beobachtete, wie er ihr das T-Shirt aufriss, was sie mit einem weiteren Schrei quittierte. Gierig packte er ihre Brüste, was ihr so gut gefiel, dass sie keine Lust auf Widerwehr hatte, sondern den Rücken durchbog und stöhnte. Ihre Ekstase ausnutzend, zerrte er ihr auch den Rock aus, stützte sich über sie und öffnete seinen Hosenstall, da rollte sie sich unter ihm weg, krabbelte ein winziges Stück, um einen Fluchtversuch zu starten. Diesmal war er schneller und drückte ihren Kopf auf den Boden. Zuerst ließ er seine Hand in ihrem Nacken und übte einen gewissen Druck aus, der sie keuchen ließ, dann nahm er ihre Hände nach hinten, hielt sie mit nur einer Hand fest, während er ihr mit der anderen einen Klaps auf den Hintern gab. Nach dem zweiten Klaps begann sie zu flehen, nicht darum, dass er aufhörte. Sie wollte, dass er sie nahm, oder anderenfalls vor Geilheit vergehen. Das konnte er natürlich nicht riskieren und nestelte abermals an seiner Hose. Nur wenige Sekunden verbrachte sein Schwanz an der Luft. Sie stöhnte, als er ihn in sie steckte, stützte sich auf die Hände, die er nun freigab. Als er ihre Hüften packte und sie in einem schnellen Tempo zu ficken begann, drehte sich Tara zurück, und hielt nach dem Feuer der südlichen Hütte Ausschau.

Jetzt würden die Turteltauben sie nicht bemerken, also gab sie ihre Deckung auf, schlich sich fort und lief nach ein paar Metern los. Weil es dunkler geworden war, sah sie den Weg nur schlecht und orientierte sich hauptsächlich am Feuer. Nur noch wenige Meter blieben, da verfing sich ihr rechter Fuß in irgendetwas, einer aus dem Boden ragenden Wurzel wahrscheinlich, und sie stolperte, stieß einen Fluch zwischen zusammengebissenen Zähnen durch … und prallte gegen etwas. Gegen jemanden, wie ihr bewusst wurde, als sie körperliche Wärme spürte und aufsah. Selbst in der Dunkelheit waren seine Augen hell, und der darin tobende Kampf von Kälte und Hitze ließ Tara frösteln. Er schien selbst überrascht und überrumpelt, und sein Mund öffnete sich, als wolle er etwas sagen, doch er blieb still und betrachtete sie nur, während er sie festhielt. Kaum eine Sekunde konnte Tara darüber nachdenken, auf Distanz zu gehen, da wanderte eine seiner Hände von ihrem Schultern in den Nacken, während sich die andere in ihren Rücken legte. Er zog sie an sich und küsste sie, hart und scheinbar völlig vergessen. Tara keuchte gegen seine Lippen und legte ihre Hände auf seine Brust, doch sie konnte ihn nicht wegstoßen. Das wollte sie nicht. Sie spürte, wie sie weich wurde, wie ihr Geist und ihr Körper nachgaben, und küsste ihn zurück. In diesen Sekunden loderte etwas zwischen ihnen auf, wie ein Feuer, das sie nur auf dem Waldboden enden lassen konnte. Sie berührten sich, keuchend und atemlos. Er trieb sie rückwärts gegen einen Baumstamm, packte ihren Po und presste sich so fest an sie, dass sie spürte, was er zwischen den Beinen hatte. Tara schlang ein Bein um seine Hüfte, da schrillte eine Stimme durch den Wald und schreckte sie auseinander.

»Was ist das hier für ein verdammter Scheiß«, krakelte eine Frau ganz in der Nähe. Knackendes Geäst verhieß, dass sie näher kam. »Wieso muss es hier so dunkel sein? Und wo bist du, Scheißkerl?«

Der Typ mit den Eisaugen legte einen Finger über den Mund. Dann spähte er durch die Dunkelheit. Tara ließ ihren Blick seinem folgen und entdeckte die Blondine, die ihn begleitet hatte. Schimpfend kämpfte sie mit Buschwerk, in dessen Zweigen sich ihr Shirt verfangen hatte. Als Tara wieder zu dem Mann sah, nickte er in Richtung Safe House und wartete, dass sie sich in Bewegung setzte. Seite an Seite pirschten sie die wenigen Meter bis zur Hütte, schlichen die Stufen hoch, zogen die Tür auf und verkrümelten sich im Inneren – nur ein kleines, von Kerzenlicht erhelltes Zimmer, in dem Tisch und Stühle standen.

Tara wandte sich zu ihm um. Sie wollte eine Erklärung für das, was gerade geschehen war – mehr von sich selbst als von ihm, doch er mied ihren Blick und drückte auf den roten Knopf, der sich hinter der Tür befand. Ihr Taxi für den Rückweg zum Haupthaus hatte er damit bestellt.

Skeptisch musterte sie ihn. Sein Oberkörper steckte in einem Army-Shirt, wie auch Ethan eins trug. Seine Muskeln waren zwar gut definiert, aber nicht so auffällig wie die des Cops. Statt einer Tarnfleckhose trug er eine Baggyjeans, Sneakers statt Boots. Als er sich ihres Blickes bewusst wurde, verschränkte er die Arme vor der Brust.

»Sie waren doch ohnehin auf dem Weg hierher, oder nicht?«, fragte er. »Warum wollten Sie eigentlich abbrechen?«

Nach Worten suchend schüttelte sie den Kopf. »Ich hab es mir anders überlegt. Ich hätte gar nicht erst herkommen sollen.«

»Wieso nicht? Ist das nicht Ihr Spiel?«

»Ich weiß nicht genau, ich denke, es lag vielmehr an …« Mit dem Fremden über Ethan herziehen wollte sie nicht. »… einer unstimmigen Chemie.«

»Schade irgendwie, also für Sie.«

»Was ist mit Ihnen?«

Zu einer Antwort kam er nicht, denn vor der Hütte hielt ein Jeep. Schritte donnerten auf den Stufen und wenig später wurde die Tür geöffnet. Einer der Securitymänner stand auf der Veranda und glotzte von Tara zum Mann mit den Eisaugen. Er entschied, die Klappe zu halten und forderte sie mit einer Kopfbewegung auf, ihm zum Wagen zu folgen. Das taten sie und schwiegen auf der kurzen Fahrt zum Haupthaus.

KAPITEL 4

Die halbe Nacht war Tara durchs Haus geschlichen. In der anderen Hälfte hatte sie auf der Fensterbank gesessen und auf die stille Straße geschaut, die Hand auf dem Brustbein – dort, wo vorher das Amulett gelegen hatte. Das hatte sie nämlich verloren. Das elende Gefühl, das sich nach dem verdorbenen Spiel eingestellt hatte, wurde durch den Verlust verstärkt.

Als sich der Morgen am Horizont ankündigte, trollte sie sich ins Bett. Nur ein paar Stunden Schlaf brauchte sie, um Energie für den bevorstehenden Nachmittag und Abend zu haben.

Pünktlich um sechzehn Uhr stand sie vor dem Haus, in dem sie aufgewachsen war: eine der pompösen Villen des Garden Districts. Neneh öffnete ihr, begrüßte sie mit einem Lächeln und dem »Hallo, Miss Tara«, das man ihr nicht abgewöhnen konnte. Schon immer, die ganzen dreißig Jahre, die Neneh für ihre Eltern arbeitete, sprach sie sie so an. Die Haushälterin hielt die Tür auf und wartete, dass Tara hereinkam, und kaum stand sie im Foyer, da ertönte Savannahs Stimme aus der Küche, wo sie sich normalerweise selten aufhielt.

»Ist das Tara?«

»Ay, Misses LaLaurie«, rief Neneh zurück.

Schritte ertönten. Taras Nicht-Mutter war zur Feier des Tages in ein raffiniert gearbeitetes Ensemble gekleidet, dessen helles Grün ihrer Hillary-Clinton-Frisur schmeichelte. Ohne Neneh anzusehen, ließ sie sie wissen, was es in der Küche noch zu erledigen gab. Mit einem demütigen zweiten »Ay, Misses LaLaurie« trollte sich Neneh.

Savannah nahm Taras Hände, hob sie an, um sie zu betrachten. Sie seufzte, wie bei einem hoffnungslosen Fall. »Schon wieder Schwarz! Ein Kleid wäre dem Anlass außerdem entsprechender gewesen, meinst du nicht?«

Tara ignorierte den Vorwurf. Sie befreite ihre Hände und ging voran. »Ist Dad im Garten?«

»Bei der Hitze? Herrje, nein. Du weißt, dass er die nicht mehr verträgt. Wir sind im Wintergarten. Ethan ist auch schon da.«

Wenn er keine Hitze verträgt, grummelte Tara auf ihrem Weg durch das Haus in sich hinein, warum macht er dann Urlaub auf Barbados? Von dort waren er und ihre Nicht-Mutter am Freitag zurückgekehrt. Nach einem Tag der Erholung von den Reisestrapazen feierte Alexander LaLaurie heute seinen sechzigsten Geburtstag. Im kleinen Kreis, nur Familie und die engsten Freunde. Also wurden bloß zwanzig Leute erwartet, statt der bei solchen Feiern üblicherweise anwesenden zweihundert.

Tara ahnte, wer zu Gast sein würde: Zwei populäre Anwälte der Stadt und ihre reizenden Gattinnen, ein Mall-Besitzer und drei Konzernbosse mit Begleitungen. Neben Ethan, der schon vor seiner Ernennung zum Police Commander ein Freund der Familie gewesen war, war sicher auch der Police Commander des sechsten Bezirkes anwesend, der für Recht und Ordnung in Irish Channel, Central City und Garden District sorgte. Als Richter, der Alexander LaLaurie vor seiner Pensionierung gewesen war, hatten sich solche Freundschaften von allein entwickelt. Natürlich würde auch Ben kommen, für den Fall, dass er seinen Rausch rechtzeitig ausschlief.

»Dein Bruder verspätet sich«, rief Savannah, als habe sie ihre Gedanken gelesen, und ging die Treppe hoch, wahrscheinlich um abermals zu schauen, ob sie gut aussah. »Viel zu viel zu tun hat der arme Junge. Nicht mal sonntags, am Geburtstag seines Vaters, hat er Zeit.«

Tara schnaubte. Ihr Vater und Savannah waren überzeugt, dass Ben Tag und Nacht für sein Jurastudium büffelte, obwohl er sich nicht mal Mühe gab, sie das glauben zu lassen. Dass sein Leben aus Partys bestand und er sich auch mit achtundzwanzig noch auf ihre Kosten austobte, wollten sie nicht sehen. Tara hütete sich, sie darauf hinzuweisen. Den Fehler hatte sie einmal gemacht und daraus gelernt.

Sie ging in Richtung Wintergarten, motivierte sich im Stillen, überlegte es sich dann aber anders und betrat den Garten über einen Seitenausgang, um die einzige Seele des Hauses zu begrüßen, an der ihr etwas lag. Nur einmal musste sie pfeifen, da lief Shadow schon herbei und mauzte. Tara nahm ihn auf den Arm.

»Na, du alter Faulenzer«. Sie streichelte ihn. Sein Fell war weich und warm. »Hast du wieder in der Sonne gebraten?«

Der Kater stupste seine Nase gegen ihre Wange, und sie legte den Kopf an seinen, um sein Schnurren zu hören. Dabei kraulte sie ihn hinter den Ohren, weil er das besonders gern hatte. Von niemandem sonst bekam er diese Zuwendung; er war hier lediglich geduldet und wurde von Neneh gefüttert.

Fünfzehn Jahre war es her, da war Shadow ihr auf dem Nachhauseweg gefolgt. Ein winziger, pechschwarzer Kerl, wenige Monate alt. Savannah und ihr Vater hatten ihn zuerst nicht im Haus haben wollen, Taras Bitten aber nachgegeben, weil der Kater sowieso am liebsten im Garten war und dort Mäuse fing. Das fanden sie praktisch. Während ihres Studiums hatte Tara noch in ihrem Zimmer unter dem Dach gewohnt, und in ihrer ersten eigenen Wohnung waren keine Haustiere erlaubt gewesen. Als sie das Haus in West Riverside gekauft hatte, war Shadow schon zwölf gewesen, und so hatte sie beschlossen, ihn hierzulassen. Ihr Haus besaß keinen so großen Garten, in dem er streunen, und keine Bäume, auf die er klettern konnte.

Hinter ihr tönte Ethans tiefe Stimme: »Willst du deinem Vater nicht Hallo sagen?«

Tara wandte sich um und setzte den Kater ab. Der war damit nicht einverstanden, sah sie aus seinen gelben Augen vorwurfsvoll an und strich um ihre Beine, damit sie ihn weiterkraulte.

»Wer bist du? Mein Anstandsalarm?«, fragte sie Ethan.

Er schob die Hände in die Hosentaschen und verzog den Mund zu einem freundlosen Lächeln. »Anstand? Hast du sowas?«

Er war noch sauer wegen dem, was am Vorabend geschehen oder besser: nicht geschehen war. Auf immer und ewig würde er es ihr wahrscheinlich verübeln. Als sie im Jeep an ihm vorbeigefahren war, der Mann mit den Eisaugen neben ihr, hatte er ihren Namen gebrüllt, außer sich vor Zorn und als sei sie ein unartiges Kind. Auf der Heimfahrt hatte er ihr vorgerechnet, was ihn die Sache gekostet hatte. Ihren Vorschlag, dass sie die Gebühren auf sein Konto überweisen würde, hatte er mit der Ankündigung, sie nach dem nächsten Friedhofspaziergang in der Zelle verrotten zu lassen, zurückgeschmettert. Dabei hatte er seine Hände um das Lenkrad geklammert, wie um sich davon abzuhalten, sie anzufassen. Anders als die Begleiterin ihres Fluchtpartners. Bei der Ankunft im Haupthaus hatte die Blondine dem Mann eine schallende Ohrfeige verpasst und ihn einen Bastard genannt. Beides hatte er hingenommen.

Tara war versucht, Ethan zu antworten, schluckte die Worte, die nur Rechtfertigung und ein Kontra sein konnten, aber hinunter und ging an ihm vorbei in Richtung Wintergarten. Er schloss zu ihr auf.

»Was lief da zwischen dir und dem Typen?«

»Gar nichts. Ich kenne ihn nicht. Weiß nicht mal, wie er heißt.« Letzteres wurmte sie ein bisschen.

»Komm, erzähl mir nichts …«

»Mach ich nicht. Kein Wort mehr. Nur so viel: Ich hätte dich nicht begleiten sollen, und es tut mir leid, wie alles gelaufen ist.« Sie öffnete die Tür zum Wintergarten und zischte: »Jetzt reiß dich zusammen!«

Beim Anblick ihres Vater zog sich ihr Magen ein bisschen zusammen, und sie musste sich zu einem Lächeln zwingen, das er kaum erwiderte. Ihre Umarmung fühlte sich steif an und ihre Wünsche für ihn zum Geburtstag klangen wie die Standards, die sie waren.

»Du kommst spät«, sagte er und reichte ihr ein Glas Schampus.

»Ich war erst im Garten, hab nach Shadow geschaut.«

Er nickte und betrachtete sie aus kalten, blauen Augen. Weil er so groß war, funktionierte das

Von-oben-herab perfekt. Ohne ein Wort zu ihrem eigenen Geburtstag ging er zur Stirn der Tafel, an der die Gäste Platz nahmen. Savannah sprach mit Neneh und orderte den ersten Gang. Tara setzte sich auf den für sie reservierten Platz neben Ethan. Die beiden Stühle ihr gegenüber blieben leer. Ihr Bruder Ben und seine Begleitung würden dort sitzen.

Um seine Rede anzukündigen, schlug Alexander LaLaurie mit einer Gabel gegen sein Glas. Das Gemurmel verstummte, er hatte alle Aufmerksamkeit und begann mit einem Rückblick auf sein vergangenes Lebensjahr. Dabei und auch bei seiner optimistischen Sicht auf die vor ihm liegende Zeit erwähnte er Ben so oft, dass Tara sich am liebsten vom Tisch weggebeamt hätte. Die Heuchelei fand sie ätzend, doch viel schlimmer war der Fakt, dass ihr Vater sie nicht ein einziges Mal erwähnte. Jedem am Tisch musste es auffallen. Es war ein bescheidenes Gefühl, das übersehene Kind zu sein.

Tara atmete durch, als ihr Vater fertig war und sich setzte. Die Vorspeise wurde serviert. Schweigend stocherte sie darin und bemerkte, dass Ethan neben ihr dasselbe tat. Er und sie waren die einzigen, die nicht lachten, als Ben im Raum stand und einen Witz wegen seines Zuspätkommens riss. Er trug ein hellblaues Hemd und darüber eine graue Weste, die zur Farbe der Hose passte. Seine blonden Haare, so blond wie die seiner Eltern, waren kurz geschnitten, wodurch sein attraktives Gesicht wirken konnte. Nachdem er seine Begleitung als Janet vorgestellt hatte, ging er zu seinem Vater, der das Besteck fallen ließ, aufstand und ihn in eine Umarmung zog. Es folgten Küsschen und Komplimente für seine Mutter, dann reihum Handschläge für die Männer und mehr Höflichkeiten für die Frauen. Bei Tara angekommen, forderte er sie mit einem »Schwesterherz!« und ausgebreiteten Armen zum Aufstehen und zur Umarmung auf. Sie ermahnte sich, spielte das falsche Spiel mit, begrüßte auch Janet und setzte sich wieder, um zumindest ein paar Happen des von Neneh zubereiteten Hauptgangs zu essen.

Im Augenwinkel sah sie, wie Ethan Messer und Gabel nahm, beides dann aber auf den Teller warf und aufstand. Er packte Taras Hand, entschuldigte sie beide und zog sie mit sich in das angrenzende Kaminzimmer, das kaum benutzt wurde.

»Ich dreh gleich durch«, knurrte er. »Ich komm mir vor wie ein Depp.«

Tara seufzte. »Ethan. Es war nur ein Spiel …«

»Du hast dich nicht an die Regeln gehalten!«

»An welche? An deine? Weil ich nach Süden, statt nach Norden gelaufen bin?« Sie zog eine Braue hoch. »Ich dachte, du magst Herausforderungen, Chief.«

Er schüttelte den Kopf. »Darum geht es nicht. Du hättest sagen sollen, dass es nichts für dich ist. Dann hätte ich eine andere mitgenommen.«

Eine, die auf seine Sprüche abfuhr und ihn nicht wie einen Trottel im Wald stehen ließ.

»Ich habe mich entschuldigt. Mehr kann ich nicht tun. Ich habe die Lust verloren, da waren wir schon unterwegs.« Tara warf einen Blick über die Schulter zum Wintergarten und wandte sich wieder an Ethan. »Ich sollte …«

»Dann geh doch!«

»Kommst du auch?«

»Mir ist der Appetit vergangen.« Er machte auf dem Absatz kehrt und verschwand in Richtung Foyer. »Schönen Sonntag noch!«

Tara hielt ihn nicht auf, ahnte sie auch, dass ihr sein Verhalten zum Vorwurf gemacht werden würde. Sie ging zurück, nahm wieder Platz und entschuldigte Ethan. Dem verärgerten Blick ihres Vaters sie kurz stand, ließ auch Savannahs wortlosen Tadel über sich ergehen und aß weiter, zu genau wissend, was Alexander und Savannah LaLaurie dachten:

Wieder einmal hatte sie einen Fehler gemacht. Nun hatte sie Ethan verärgert. Mit so viel Hoffnung hatten sie ihn ihr präsentiert, um ihren Verabredungen mit all den Nichtsnutzen ein Ende zu setzen, doch statt endlich die Frau zu sein, die er heiraten wollte, wurde sie zu seinem Betthäschen. Sie hing in Bars ab und schwänzte die Partys, die Savannah regelmäßig organisierte. Sie ignorierte die Freunde der Familie und umtrieb sich mit Gestalten wie der Barkeeperin, die von Kopf bis Fuß tätowiert und einmal mit einem Drogendea-

ler zusammen gewesen war. Die Karriere als An-
wältin oder Richterin, die ihr Vater ihr nach einem Jurastudium ermöglicht hätte, hatte sie von
vorn herein abgelehnt, indem sie nicht Jura, sondern Englisch studiert hatte, und nun unterrichte-
te sie mit einem sinnlosen Doktortitel Studenten.
Dies alles und die zahlreichen als Teenager be-
gangenen Fehltritte waren prinzipiell schon mit
ihrer Geburt prognostiziert worden, schließlich
hatte sie ihre Mutter dabei umgebracht.

Diesen Vorwurf sah sie bis heute in den Augen ihres Vaters. Sie hatte ihm die Frau genommen, die er geliebt hatte – mehr als Savannah
wahrscheinlich, doch mit Savannah hatte er
schließlich das richtige Kind bekommen: den an-
ständigen, zielstrebigen Sohn.

Wie zielstrebig Ben tatsächlich war, zeigte sich
an seinem inzwischen neun Jahre andauernden
Studium. Was seinen Anstand betraf – dessen
Niveau war unschwer an seinem Verhalten gegenüber Janet zu erkennen. Er ließ sie nie ausre-
den und wies sie sogar zurecht. Tara schauderte,
als sie das wütende Funkeln in seinen Augen und
seine arbeitenden Wangenknochen bemerkte. Sie
war sich sicher, dass er Kokain gezogen hatte,
und achtete ein bisschen mehr auf seine Reaktio-
nen. Er war so bemüht, für seine Eltern und deren Gäste zu lächeln und versuchte so sehr, den
ihm nachgesagten Charme zu versprühen.

Janet stellte eine Frage, wohl um Tara in ein
Gespräch einzubeziehen: »Ich habe gehört, du

unterrichtest an der UNO. Das muss ein toller Job sein. Wie lange machst du das schon?«

Tara wollte antworten, da kam Ben ihr zuvor. »Viel zu lange schon, und sie wird nie was anderes tun.«

Tara klappte den Mund zu und starrte ihren Bruder an. Er starrte zurück, eine pure Provokation.

»Lass Tara doch mal erzählen«, kam es von Janet, doch er unterbrach sie mit harschem Ton.

»Es interessiert keinen, okay? So wenig, wie hier irgendwen interessiert, ob deine Tanzschüler gerade Tango oder Cha-Cha lernen.«

Janet warf ihre Serviette auf den Tisch, entschuldigte sich und stand auf. Ihren nächsten Fluchtweg erkannte sie in der Tür zum Garten, der bereits im Dunkeln lag, also ging sie hinaus. Ben warf Tara einen wütenden Blick zu, dann verließ er seinen Platz und folgte seiner Freundin. Alexander ignorierte den Zwischenfall und wendete sich wegen eines kürzlich gefällten Gerichtsbeschlusses an einen der Anwälte, der die Konversation gern aufnahm. Savannah hingegen war peinlich berührt und versuchte das mit einem Lächeln zu überspielen.

Tara stand auf und ging ebenfalls nach draußen. Sie lauschte, und als sie Stimmen hörte, huschte sie den von Solarleuchten erhellten Pfad entlang in den hinteren Teil des Gartens, wo sie die beiden entdeckte. Ben packte Janet am Nacken, sie krümmte sich unter seinem Griff.

»Lass sie los, Ben!«, rief Tara und erschrak, weil er tatsächlich von Janet abließ, nun aber auf sie zustürmte.

»Verzieh dich, du Missgeburt«, knurrte er. »Was mischst du dich hier ein? Hast wohl zu lange nicht mehr auf die Fresse bekommen.«

In der Tat. Das war ein paar Jahre her. Tara straffte die Schultern. »Lass sie in Frieden oder ich sorge dafür, dass dein Haus durchsucht wird. Dein Monatsvorrat Koks dürfte die Cops interessieren.«

Bens Miene verzerrte sich. Er holte aus und schlug ihr ins Gesicht. Taras Schrei vermischte sich mit dem von Janet, und sie taumelte zurück. Ben packte sie jedoch und holte ein zweites Mal aus, da schoss ein Schatten herbei. Mit einem kreischenden Miau sprang Shadow Ben an und hieb ihm die Krallen in die Wangen. Um das Tier loszuwerden, ließ er von Tara ab, rang mit dem alten Kater und schleuderte ihn von sich. In der Zwischenzeit hatte Tara Janet geschnappt und sich vor sie gestellt. Während Ben sich den Kopf hielt und den in der Dunkelheit verschwundenen Shadow verfluchte, gingen die Frauen rückwärts, Schritt für Schritt, zum Seiteneingang.

Janet weinte, als Tara mit ihr durch das Haus zum Foyer eilte. Tara war still, obwohl ihr Gesicht vom Schlag dröhnte. Weil sie ein Veilchen befürchtete, dass sie ihren Studenten am nächsten Tag nur schwer erklären konnte, ließ sie sich von Neneh Eis geben und bat sie, ihrem Vater auszu-

64

richten, dass sie und Janet gegangen waren. Einen Grund nannte sie nicht. Sie wollte sich keinen ausdenken, und vor dem tatsächlichen Anlass würde er ohnehin die Ohren verschließen.

Auf der Fahrt nach Irish Channel, wo Janet in einem Appartement wohnte, versuchte sie Worte des Trostes zu finden. Viel lieber mochte sie Gift und Galle spucken über ihren Mistkerl von Bruder, der eigentlichen Missgeburt der Familie LaLaurie, doch sie wollte Janet nicht noch mehr aufregen. Völlig durcheinander war sie außerdem, denn was geschehen war, erschien ihr im Nachhinein unglaublich. Hätte sie Shadows Angriff nicht mit eigenen Augen gesehen … nie im Leben hätte sie erwartet, dass der Kater so etwas tun würde, dass er sie verteidigte. Bisher hatte er sich stets nur selbst zur Wehr gesetzt, gegen Ben, der als Teenager Vergnügen darin gefunden hatte, ihn zu quälen, und ihn heute bei jeder sich bietenden Gelegenheit aus dem Weg trat.

Fünfzehn Minuten später hielt Tara vor dem Mehrparteienhaus, in dem Janet lebte und bot an, sie in die Wohnung zu begleiten, doch Janet lehnte ab. Sie bedankte sich und stieg aus.

»Lass ihn nicht rein, falls er vor der Tür steht«, sagte Tara. »Ruf die Polizei, wenn er auftaucht. Ich bestätige, dass er dich angegriffen hat.«

Auf der Fahrt nach Hause wurde ihr klar, dass sie ihn anzeigen konnte, und wenn Janet Mumm in der Hose hatte, würde sie ihre Aussage bestätigen, doch daran zweifelte sie. Wie sie Janet ein-

schätzte, war sie eine Frau, die zu Ben zurück-
kroch und sich sogar bei ihm entschuldigte. Also
wischte sie die Möglichkeit beiseite, biss die Zähne aufeinander, um nicht zu weinen, und schwor
sich, dass ihr Bruder sie zum letzten Mal angegriffen hatte.

KAPITEL 5

Er hielt vor dem Tor, ließ das Fenster herunter und drückte auf den Knopf der Sprechanlage. Lil Shawn meldete sich und lachte, als er seinen Namen gesagt hatte. Sekunden später öffneten sich die Flügel des schmiedeeisernen Tors. Er fuhr den asphaltierten Weg entlang und parkte vor der Villa, aus der bissiger Rap dröhnte.

Lil Shawn wartete an der Haustür, wie immer in tiefsitzenden, weiten Jeans und mit einem roten Tuch auf dem Kopf. Dass er einen Sinn für Humor hatte, verriet schon sein Name, denn mit seinen zwei Metern Größe und den hundertzehn Kilos, die er auf die Waage brachte, war er alles andere als klein. Seine imposante Erscheinung verstärkte er gern, indem er, wie heute, mit nacktem Oberkörper herumlief, um die eindrucksvollen Tattoos auf der muskulösen Brust, den Armen und dem Rücken zu zeigen. Ein Bro hatte ihm die gestochen, alle in Schwarz, weil kein anderer Farbton auf seiner dunklen Haut zu sehen gewesen wäre.

Lil Shawns Goldketten klimperten, als er ihn umarmte. »Danke, Bro, echt danke, ich kann das nicht oft genug sagen. Scheiße, Mann, wenn ich mir vorstelle …«

»Schon gut.«

Lil Shawn löste sich von ihm und grinste. So breit, dass sein Gesicht nur noch aus Mund zu bestehen schien, zwei Reihen blendend weißer und goldener Zähne.

»Bereit für die Party?«

»Klar.« Das war er nicht wirklich, denn er kannte diese Art von Partys, doch er hatte nicht absagen können. Lil Shawn hätte ihn persönlich hergeschleift.

Mit einer Kopfbewegung forderte er ihn nun auf, ins Haus zu kommen, ging voraus und machte dem DJ hinter dem zum Inventar gehörenden Pult ein Zeichen, die Musik auszuschalten. Sobald das geschehen war, rief er in die Runde: »Ey, guckt, wer da ist. Hier ist ma Man!«

Abermals schlang er einen Arm um ihn und boxte ihn kumpelhaft in die Seite. Applaus und Jubel ertönten, Pfiffe gellten durch den Raum, der mit einer für Hip-Hop szenetypischen Bling-Bling-Einrichtung Eindruck machte. Jede Menge Gold, Glimmer und Glitter sorgten für eine Luxus-Atmosphäre.

»Was willst du denn trinken, Bro?«, fragte Lil Shawn.

»Ein Bier ist okay. Muss noch fahren.«

»Scherz, oder? Heute ist ein Tag zum Feiern. Wieso musst du noch fahren? Pennst du hier oder nimmst ein Taxi.« Lil Shawn lachte und drehte die Stimme hoch. »Sag nur, du kannst dir keins leisten?«

Andere stimmten ins Lachen ein. »Hast du ihn nicht bezahlt, Shawny?«, witzelte irgendwer.

Lil Shawn schlug sich vor die Stirn. »Verdammt! Die Kohle! Beinahe hätte ich die vergessen. Komm mit, das erledigen wir gleich.«

Das Gelächter wurde lauter. Auf dem Weg aus dem Wohnzimmer drückte ihm jemand ein Bier in die Hand. Lil Shawn nahm es ihm ab, öffnete es und gab es ihm zurück. Vor seinem Büro stoppte er, schob die Tür auf und ließ ihm den Vortritt. Auf dem Schreibtisch, der von zwei Männern flankiert wurde, lagen Geldbündel. Viele Geldbündel. Die gesamte Tischfläche war bedeckt.

»Das ist deins, Bro«, sagte Lil Shawn. »Hast es dir verdient.«

»Ein Scheck hätte es auch getan …«

»Unspektakulär. Meine Bros hier passen für dich drauf, packen es dann in ein Köfferchen und bringen's an dein Auto.«

»Okay, danke.«

»Aber das ist noch nicht alles.«

Wieder grinste Lil Shawn von einem Ohr zum anderen, legte ihm den Arm in den Nacken und führte ihn in einen benachbarten Raum, der mit einer kleinen Bar, einer weiße Ledercouch und Sesseln vor einem Glastisch sowie einem Billardtisch ausgestattet war. Wie in jedem Zimmer der Villa war auch in diesem ein Soundsystem installiert; ein älterer 50-Cent-Song kam mit glasklarem Klang aus den Boxen. Den Titel *Down on me* hatte er immer zweideutig und in seiner zweiten Bedeutung als perfekten Initiator für Sex verstanden. Letzteres schienen auch die beiden dunkelhäutigen Schönheiten, die sich auf dem Billardtisch räkelten, im Sinn zu haben. Die im roten Dessous raunte ein »Hallo« und winkte. Die im weißen Dessous kletterte vom Tisch und kam zu ihnen, wobei sie ihre Hüften ordentlich schwang.

Lil Shawns Stimme drang in sein Bewusstsein: »Viel Spaß, Bro! Lass dir Zeit!« Damit verschwand er.

Die in Weiß bezog vor ihm Stellung, betrachtet ihn. »Du siehst gut aus … für einen Weißen.«

Sie nahm ihm das Bier aus der Hand, stellte es auf den Tisch und strich mit ihren rotlackierten Nägeln über seine Brust. Das und der blumige Duft ihre Parfüms sorgten für ein Kribbeln weiter unter.

»Ich bin Sheyla«, sagte sie und stellte sich in ihren Pumps auf die Zehen, um ihren geschminkten Mund vor seinen zu bringen.

Er hob den Kopf ein wenig, als er: »Hallo Sheyla« antwortete.

»Wie heißt du?«

»Du kannst mich Jay nennen.«

Sie lächelte. »Jay, so so …«

Von hinten umschlangen ihn die Arme der anderen Frau, die sich hinzugesellt hatte. »Und wie soll ich dich nennen?«, wisperte sie an sein Ohr.

»Auch Jay.«

»Okay … Jay.« Sie schickte ihre Hände abwärts, eine pausierte in seinem Schritt. »Das hier fühlt sich vielversprechend an, Jay, aber es kann noch besser werden, oder nicht?«

Er neigte den Kopf zur Seite, was eine gute Möglichkeit war, den Mund aus der Reichweite von Sheyla zu bringen.

»Möglich, dass es noch besser wird.«

»Ich bin Bell.«

»Du hast unanständige Hände, Bell.«

Sie lachte und festigte ihren Griff, während Sheyla ihn an seiner Krawatte in Richtung Couch zog. Im Geiste noch widerwillig, doch vom Drängen zwischen seinen Lenden halbwegs wehrlos gemacht, ließ er sich lotsen und auf das weiche Polster schubsen. Sheyla und Bell stützten sich zu seinen Seiten ab, eine knabberte an seinem Kinn, die andere am Hals, eine öffnete die Knöpfe seines Hemdes, während es die andere aus seiner Hose zog und ihre Hand darunter schob. Er stöhnte leise und sein Geist verabschiedete sich. Sobald sie seinen Oberkörper freigelegt hatten, sandten sie ihre Münder darüber, leckten an seinen Nippeln und hinterließen nasse

Spuren auf ihrem Weg nach unten. Sheyla öffnete seinen Gürtel, Bell den Knopf und den Reißverschluss seiner Hose. Es war ein perfektes, wie oftmals geübtes Zusammenspiel. Bell gurrte, als sie seinen Schwanz aus der Unterhose holte, und Sheyla kommentierte den Stand seiner Lust mit einem: »Auch der ist nicht schlecht … für einen Weißen«, wobei ihr Atem heiß über seine Haut strich. Dann schloss sie die Lippen um seine Eichel.

Er murrte genüsslich, packte ihren Haarschopf und drückte ihren Kopf weiter runter, ließ sie seinen Schwanz Zentimeter für Zentimeter lutschen und gab sie erst frei, als sie keuchte. Während sie sich seine Eier vornahm, mit der Zungenspitze darüberleckte, widmete sich Bell seinem Schaft, sog ihn zwischen ihre Lippen und spielte mit der Eichel. Als sich die Frauen wieder nach oben bewegten, ahnte er, was sie planten, und das ließ seine Lust etwas abkühlen, seinen Geist zurückkehren. Tatsächlich hockte sich Sheyla über ihn und schob den Steg ihres Slips beiseite, um ihn zuerst zu reiten.

Das würde nicht passieren.

Sanft hob er sie an und setzte sie auf die Couch. Sie schob ihm die Hüfte entgegen, dachte offenbar, dass er beim Ficken oben sein wollte, doch er verpackte sein bestes Stück wieder in den Shorts, schloss seine Hose und stand auf. Bell wollte dieses Ende ebenso wenig, also nahm sie seine Hand und führte ihn zum Billardtisch. Sie setzte sich darauf, zog ihn näher und schloss die Schenkel um seine Hüfte. Sein Schwanz pulsierte in der Hose, weil sie sich dagegenpresste, aber sein Kopf spielte nicht mit. Allmählich fragte er sich auch, wer hier wessen *Belohnung* war. Als Sheyla sich an seinen Rücken schmiegte, ihm Sakko und Hemd von den Schultern zerrte und seinen Nacken beknabberte, drehte er sich zu ihr um und erwiderte ihre Berührung, um sich aus Bells Schraube zu lösen und hinter Sheyla zu kommen. Es gelang ihm, sie auf ihre vor Lust schnurrende Freundin aufmerksam zu machen, und sobald sie darauf eingestellt war, nahm er ihre Hände und führte sie über Bells Körper, über die rote Spitze und schließlich darunter.

»Das gefällt dir also?«, murmelte Sheyla und ließ ihre Hüfte gegen Bells Mitte kreisen.

»Ihr seid ein toller Anblick«, antwortete er.

Das waren sie tatsächlich, und er trat einen Schritt zurück um besser zuschauen zu können.

Sheyla kletterte auf den Billardtisch zwischen Bells gespreizte Beine und liebkoste die andere mit dem Mund, küsste sie und öffnete das an der Front aufzuhakende Korsett. Stöhnend und flüsternd bespielte sie die Nippel ihrer Freundin mit der Zunge und pustete darüber, damit sie sich weiter aufrichteten.

Da ihr Slip noch zur Seite geschoben war, konnte er praktisch zuschauen, wie ihre Scham anschwoll, und er hielt den Atem an, als ihre Hand dort auftauchte. Mit einem Finger teilte sie ihre Spalte, massierte ihren Kitzler und rieb sich immer wilder an der unter ihr liegenden Bell. Bald beschloss sie, an anderer Stelle kleine Wunder zu vollbringen, zog Bells Slip ebenfalls beiseite und steckte zwei Finger in sie. Tief, sodass Bell stöhnte, den Hintern vom Tisch hob und die Hände in Sheylas Pobacken krallte.

Verdammt einladend war die Aussicht auf die beiden feuchten, dunkelrosa Mösen – und auch der Gedanke, dass er gerade die freie Wahl hatte. Er brauchte seinen Schwanz nur wieder auszupacken und nach Lust und Laune abwechselnd die untere und obere ficken … doch sein Kopf wollte noch immer nicht. Also trat er weitere Schritte zurück, knöpfte sein Hemd zu und steckte es in die Hose.

Die Frauen hatten sich inzwischen so aneinander aufgegeilt, dass sie ihn nicht vermissten. Nach einem letzten Blick auf die beiden drehte er sich um, richtete sein Sakko, nahm sein Bier und verließ den Raum, um Lil Shawn zu suchen. Er fand ihn in dem Raum, der an den Garten angrenzte, eine Art Wintergarten und doch weit entfernt davon; die Bezeichnung Winter-SPA traf es mehr.

Lil Shawn saß im Whirlpool des auf subtropisches Klima aufgeheizten, mit Palmen und anderem Südsee-Krempel und wiederum jede Menge Bling-Bling bestückten Raumes. Er war umgeben von drei anderen Schönheiten. Eine knabberte an seinem Ohrläppchen, die zweite hielt ihm die

Spiegel mit dem Koks vor die Nase, die dritte war unter Wasser zwischen seinen Beinen beschäftigt. Lil Shawn ächzte im Genuss der gleichzeitigen Zuwendung und sah auf, als er ihn bemerkte.

»Hey, schon fertig, Bro?«

Er verzichtete auf eine Antwort und trank endlich einen Schluck vom Bier.

»Der Shit ist fett.« Lil Shawn legte das Röhrchen, durch das er das Koks gezogen hatte, weg und verzog das Gesicht, weil die Chemie in seiner Nase ätzte. »Scheißverdammt gut.«

»Freut mich zu hören.«

Lil Shawn kicherte, vielleicht wegen der sachlichen Reaktion, vielleicht weil seine dritte Lady wie ein begossener Pudel auftauchte und nach Luft schnappte.

»Sei in Zukunft vorsichtiger, okay?«

»Ich bin immer vorsichtig. Du hast mein Wort drauf, Bro.«

Lil Shawn legte den Kopf auf den Poolrand und schloss die Augen, um die neuen Küsse der drei Frauen zu genießen.

»Haben sie es dir gut besorgt, Bell und Sheyla?«, fragte er zwischendurch.

»Absolut.« Er trank einen Schluck, stellte das Bier dann auf einen Tisch, wo mehrere Longdrinks vor sich hin schmolzen. »Ich muss los.«

»Alles klar, Bro … sag den Jungs Bescheid.«

»Mach ich.« Ein weiteres Mal wollte er sagen, dass er Schecks bevorzugte – schon die Vorstellung, morgen mit dem Koffer auf der Bank aufzutauchen, gruselte ihn –, doch er wusste, dass Lil Shawn das nicht nachvollziehen konnte, also verabschiedete er sich und ging ins Büro.

Das Geld war bereits verpackt. Nach Handschlägen mit dem einen oder anderen Bro verschwand er aus dem Haus, warf den Koffer auf die Rückbank, stieg ein und machte sich auf den Heimweg. Er war so müde, dass er über eine rote Ampel fuhr, und wollte nichts dringender als sein Bett, doch beim Anblick des Wagens, der in seiner Einfahrt parkte, ahnte er, dass ihm ein Umweg in Form einer Diskussion bevorstand. Noch nicht bereit dafür, blieb er sitzen und beobachtete, wie sich die Fahrertür öffnete und ein Paar langer, schlanker Beine auf weißen High Heels auf die Pflastersteine gestellt wurden. Wenig später hatte sie Position bezogen, in ihrem kurzen blauen Kleid, über dem sie einen weißen Blazer trug. Sie verschränkte die Arme vor der Brust und starrte ihn mehr auffordernd als abwartend durch die Windschutzscheibe an. Um es hinter sich zu bringen, gab er sich einen Ruck und stieg aus.

»Wo warst du?«, fragte sie.

»Etwas abholen …« Er beließ es dabei. Würde er ihr sagen, dass er von einer Party kam, würde sie ihn vielleicht wieder ohrfeigen, und das würde ihn jetzt nur wach machen.

»Du warst etwas abholen? Spinnst du?! Wir waren verabredet!«

Das war absolut richtig. Erst am vergangenen Donnerstag hatten sie sich für heute zum Sushi in einem Restaurant verabredet. Doch dann war es Samstag geworden.

»Ich dachte nicht, dass du nach gestern Abend heute noch mit mir essen gehen möchtest.«

»Ach, nein?«

Mehr fiel ihr nicht ein. Wahrscheinlich hatte sie das tatsächlich nicht gewollt, auf seine Nachfrage aber gelauert, um ihm eine Absage zu erteilen, und als die nicht erfolgt war, hatte sie beschlossen, im Restaurant zu warten und nun die Versetzte zu spielen. Er kannte sie nicht besonders gut, doch so schätzte er sie ein.

»Hör mal, Trish, das ist albern. Lass uns die Sache abhaken, unserer Wege gehen und alles ist gut.«

Sie kam näher, kniff die Augen zusammen. »Gar nichts ist gut, einfach so! Joice ist eine gute Bekannte von mir, eine Geschäftspartnerin. Wie stehe ich jetzt vor ihr da? Hm? Wie die Frau, die du nicht ficken wolltest.«

»Reiß dich zusammen, ja! Es war deine Idee, mitzumachen. Ich hab es mir angeschaut und beschlossen, dass es nicht mein Ding ist.«

»Erzähl keinen Scheiß!« Sie stand so dicht vor ihm, dass er zuschauen konnte, wie ihre Pupillen vor Zorn enger wurden. »Du bist der dunkelhaarigen Schlampe nachgerannt.«

Sein verächtliches Schnauben mochte auf sie wirken, als hielte er ihre Vermutung für lächerlich, aber eigentlich galt es ihrer Bezeichnung. Tara LaLaurie war alles andere als eine Schlampe.

Zwar war er ihr nicht gefolgt, sondern tatsächlich in sie hineingerannt, doch dass ihm die Lust auf das Spiel mit Trish vergangen war, hatte an ihrer Anwesenheit gelegen.

»Was habt ihr getrieben, du und sie, in der Hütte? Hast du sie gefickt? Es ihr richtig besorgt?«

Praktisch von allein verzog sich sein Mund zu einem gar nicht amüsierten Lächeln. »Das hättest du gehört.«

»Wer weiß, vielleicht konnte sie keinen Laut machen, weil dein Schwanz so tief in ihrem Rachen gesteckt hat …«

Allmählich wurde er sauer. »Hast du heute ins Wortklo gegriffen? Deine Fäkalsprache ist widerlich.«

»Ich will eine Antwort.«

»Und ich schulde dir keine Rechenschaft.«

»Du bist ein egoistisches Arschloch.«

Er drehte sich weg und ging zu seinem Wagen, um den Koffer zu holen. Das Klackern von Absätzen verriet, dass sie ihm folgte, doch er beschloss, sie einfach zu ignorieren. Sollte sie ihr Nachtlager halt in der Auffahrt aufschlagen und ihn noch tausendmal betiteln, er würde jetzt schlafen gehen. Mit dem Koffer in der Hand verriegelte er die Türen. Dann wollte er sich umdrehen und an ihr vorbeischieben, doch sie blockierte den Weg.

»So behandelt man mich nicht.«

»Ich habe mich entschuldigt, also bitte …«

»Ich will, dass du es gutmachst.«

Er zog eine Braue hoch, schüttelte den Kopf. »Nicht dein Ernst, oder? Wie denn? Soll ich dich noch einmal begleiten, dich jagen, wie es dir gefällt, und vor den Augen aller erlegen? Steigert das deinen Wert? Du tust mir leid, wenn es so ist.«

Er reagierte nicht schnell genug, sah ihre Hand nur kommen und wappnete sich für den Schlag, der seine Wange gleich darauf zum Glühen brachte. Das zweite Mal verhinderte er, indem er ihr Handgelenk packte.

»Fass mich nicht an!«, knurrte er. »Nie wieder!«

Angewidert stieß er ihre Hand weg. Er schalt sich einen Deppen, weil er sie überhaupt in sein Bett gelassen hatte und ging endlich ins Haus. Nun doch hellwach lehnte er sich gegen die Tür, lauschte ihrem Zetern, innerlich brodelnd über die Selbstverständlichkeit, mit der sie ihn geohrfeigt hatte. Sie glaubte, das Recht zu haben, weil ihr seine Worte nicht passten. Hätte es sich umgekehrt verhalten, hätte sie ihn wegen Körperverletzung angezeigt.

Als sie gegen die Tür zu hämmern begann, stellte er den Koffer ab. Auf dem Weg ins Bad blendete er ihren Lärm aus, zog Jackett und Hemd aus, warf beides über einen Stuhl, öffnete die Hose und schlüpfte aus den Schuhen.

Das Wasser der Dusche wirkte wie Balsam. Obwohl die Seife längst abgespült war, stand er noch unter dem Strahl und genoss das Prickeln der Tropfen auf seiner Haut, die Wärme in seinen Muskeln und Gliedern.

Mit einem Handtuch um die Hüften ging er ins angrenzende Schlafzimmer und ließ die Jalousien hochfahren, die tagsüber unten waren, um die Hitze abzufangen. Nachts wollte er den Blick nach draußen. Er öffnete das Fenster, lauschte und überprüfte die Ausfahrt, in der jetzt nur noch sein Wagen stand. Erleichtert legte er sich aufs Bett, verschränkte die Hände hinter dem Kopf und sah zum Himmel, an dem Sterne funkelten. Leise Saxofonklänge erwärmten die Stille. Der Musiker kam näher, und die Melodie wurde so laut, dass sie das Zirpen der Zikade im Garten übertönte. Das schwermütige *Bye bye Blackbird* war es, das der Saxophonist spielte.

Er schloss die Augen.

Wie ein Blackbird, eine Amsel, war sie weggeflattert. Beide Male. Am Mittag, nachdem sie gegen die Tür gerannt war, und am Abend im Bayou. Beim ersten Mal hatte er sich auf die Lippen beißen müssen, um nicht zu lachen. Dabei hätte er sie niemals ausgelacht; sie war zu süß, ein zu anrührendes schwarzes Vögelchen. Schwarz stand ihr so viel besser als Grün – wie eine zweite Haut hatte ihre schwarze Kleidung gewirkt, ein schmeichelhafter Kontrast zu ihrer eigentlichen Haut, die hell war. Das Inbild einer Südstaatenschönheit war sie wohl, mit ihren braunen, kritischen Augen, den geraden Brauen, den dunklen Haaren, der schmalen Nase … und dieser Kerl, ein Cop, der passte so gar nicht zu ihr. Er war das ganze Gegenteil von ihr, grob und klotzig, ohne Feinsinn oder Gespür für sie.

Nachdenklich drehte er sich auf die Seite und nahm die Kette von Nachttisch, ließ das Amulett vor seiner Nase baumeln. Dass der Verschluss defekt war, hatte er bereits festgestellt und beschlossen, ihn ersetzen zu lassen. Morgen. Und danach würde er Tara LaLaurie einen Besuch abstatten.

Er wusste, dass es das Letzte war, das er tun sollte. Fern, ganz fern sollte er ihr bleiben und hoffen, dass sie ihm nie mehr über den Weg lief, doch diese Aussicht gefiel ihm nicht. Schließlich hatte er ihr zuerst ins Gesicht geschaut … und danach erst ihren Namen erfahren. Sie konnte nichts dafür, dass der Mann, mit dem er eine Rechnung offen hatte, ihr Vater war.

KAPITEL 6

Träume dienen der Verarbeitung der Wirklichkeit, sagt man. Sie entstehen durch Sorgen oder Ängste, Hoffnung oder Wünsche. Wer Fantasie hat, träumt besonders oft und bunt, heißt es. Tara träumte jede Nacht in allen Farben. Manchmal erinnerte sie sich nur an Sequenzen, meistens jedoch an die ganze Geschichte.

Der Traum dieser Nacht begann in Grün. Ein sattes Grün, das sich zu den Konturen von Blattwerk klärte. Warme Lichtstrahlen fielen auf das Gras, durch das sie lief, vorbei an moosbewachsenen Stämmen und von Pollenstaub überzogenen Tümpeln, aus denen Zypressen ragten. Auf überirdischen Wurzeln standen die meisten. Tara wusste, dass sie auf ihre Schritte achten musste, um nicht auf eine Fläche zu treten, unter der Wasser statt Boden lag, und sie musste sich beeilen. Ein Versteck finden. Als sie den Countdown hörte, erhielt ihre Aufregung einen Schub und sie lief schneller, schlug von den Ästen herabhängende Flechten beiseite, sprang über matschige Stellen und entdeckte einen hohlen Baum. Klopfenden Herzens huschte sie in die Höhle unter der Rinde, hockte sich hin und lauschte. Sie vernahm Schritte und presste sich dichter an das alte, muffige Holz, da gab der Boden unter ihr nach. Eine Flut schlammigen Wassers umspülte sie und schwemmte sie nach draußen in den Sumpf. Tara schwamm und brauchte alle Kraft, um sich durch die Masse zu bewegen. Dicker und dicker wurde die, machte sie schwer und zog sie nach unten. Sie erreichte das Ufer, doch es ragte vor ihr auf wie der Rand eines nur halb befüllten Swimmingpools. Sie schaffte es nicht, sich hochzustemmen und grub die Finger in die feste Erde, da packte sie jemand bei den Armen und half ihr. Kurze Zeit lag sie auf der Seite, dann rollte sie sich auf den Rücken und versuchte, zu Atem zu kommen. Der Moosteppich unter ihr war weich und warm und sog die aus ihrer Kleidung triefende Flüssigkeit auf wie ein Schwamm. Sonnenlicht fiel durch das Grün über ihr, und weil es sie blendete, schloss sie die Augen. Sie ließ sie geschlossen, als sie den Kuss spürte, sie erschrak nicht einmal.

»Jetzt musste ich dich retten, statt dich einzufangen«, hörte sie ihn sagen und bog den Kopf zurück, weil er ihren Hals küsste und sie mehr davon wollte. Eine seiner Hände fuhr unter ihr Shirt, streichelte ihre nasse, schmutzige Haut und umschloss eine Brust. Als er ihr Shirt nach oben schob, öffnete sie die Augen und hob den Kopf. Er beobachtete sie aus seinen eisgrauen Augen, wartete auf ihre Reaktion und leckte über einen Nippel. Auf ihr Keuchen nahm er ihn in den Mund, um ihn mit der Zunge zu bespielen. Seine Hand wanderte indessen an ihr hinab, rutschte unter den Bund ihrer Leggins und zwischen ihre Beine. Er lachte, weil sie erschrak und die Luft anhielt, doch er machte weiter, massierte sie mit den Fingern bis sie stöhnte … da schallte ein Klingeln durch den Bayou.

Tara fuhr hoch. Vollkommen durcheinander saß sie in ihrem Bett, blickte sich im Schlafzimmer um und beugte sich dann zu ihrem Nachttisch, um dem verdammten Wecker einen Schlag zu geben, damit er schwieg.

»Wow!«, entfuhr es ihr.

Sie struwwelte sich durch die Haare, kratzte sich die kribbelnden Schultern und rieb sich die Augen, damit sie wach wurden. Mit einem zweiten »Wow« warf sie die Bettdecke zurück und stand auf.

***

Das Veilchen saß unterhalb des linken Auges. Die wenigen Stunden, die es alt war, färbte es sich typisch bläulich. Dies nicht allzu sehr, zum Glück, weil er nicht mit der Faust zugeschlagen hatte. Tara trug extra Make-up auf, setzte sich ihre größte Sonnenbrille auf die Nase und erzählte ihren Kollegen und Studenten von einer Bindehautentzündung, die sie wahnsinnig lichtempfindlich machte.

Ihre letzte Vorlesung am frühen Abend befasste sich mit Benjamin Franklin, dessen Biografie die Studenten in Vorbereitung auf diese und die nächsten Lectures hatten lesen sollen. Während der ersten dreißig Minuten erzählte sie über Franklin, unter anderem über die Gründung des Junto-Clubs und die Einrichtung der ersten Leihbibliothek des neuen Landes. Die restliche Zeit wollte sie nutzen, um zu schauen, wer sich vorbereitet hatte.

»Wie würden Sie Franklins Stil beschreiben?«, fragte sie also und bekam erfreulich viele Antworten: ungekünstelt, einfach, schlicht, humorvoll.

»Meinen Sie, das fand überall Sympathie?«

Eine Studentin in der dritten Reihe meldete sich und zitierte einen damals populären Literaturkritiker: »Der Biographie fehlt es angeblich an Anmut des Ausdrucks und intellektueller Höhe, somit an den Merkmalen eines großen Werks.«

Tara bedankte sich und brachte eine neue Überlegung in die Diskussion ein. »Meinen Sie, Franklin konnte es nicht besser?«

»Doch, aber er wollte, dass ihn die Mittelklasse verstand. Für die schrieben damals nur wenige.«

»Sehr gut. Aber welches Ziel verfolgte Franklin damit?«

Niemand schien es sofort zu wissen oder eine Vermutung äußern zu wollen. Abwartend lehnte sich Tara an ihr Pult, schob die Ärmel ihres Jacketts hoch und nahm schließlich jemanden in der letzten Reihe dran, der sich meldete.

»Franklin stammte aus einfachen Verhältnissen. Trotz wenig optimaler Voraussetzungen hatte er sich zu einer wohlhabenden und geachteten Person entwickelt. Er wünschte sich, dass andere ihm nacheiferten, deshalb wählte er einen Stil, den einfache Leute verstanden.«

Sie hätte die Sonnenbrille absetzen müssen, denn deren Gläser waren zu dunkel und so erkannte sie hinten sitzenden Zuhörer nicht, doch seine Stimme genügte. Was zur Hölle tat er in ihrer Vorlesung?!

Sie straffte die Schultern und ging ein paar Schritte zu den im Halbrund stufenförmig angeordneten Reihen, in denen ihre Zuhörer saßen.

»Vielen Dank für Ihre Gedanken, Herr … ach, würden Sie mir mit Ihrem Namen auf die Sprünge helfen. Ich kenne Sie alle erst ein paar Wochen und gelobe Besserung.«

Die Studenten lachten und sagten ihr, dass das kein Problem sei. Tara hielt den Blick auf der Person in der letzten Reihe.

»Jay«, antwortete er. »Nennen Sie mich einfach Jay. Das ist leicht zu merken.«

Tara sah auf die Uhr. Die Zeit war um, also wünschte sie den Studenten einen schönen Abend. Gebrabbel erfüllte den Raum, als sie ihre Sachen zusammenpackten, die Notebooks zuklappten, sich verabredeten und aufstanden.

Nicht überraschend blieb einer sitzen. Tara ging hinter ihr Pult und tat so, als sortierte sie die losen Blätter, auch noch, als kein Student mehr da war. Den Teufel würde sie tun und zu ihm hinaufgehen. Sollte er sich zu ihr bemühen.

Er kam die Stufen herunter. Ihr Herzschlag beschleunigte sich. Weil ihre Hände zu zittern begannen, stapelte sie ihre Unterlagen und nahm sie vor die Brust, um sie zu beschäftigen und das Zittern zu stoppen. Als sie aufsah und ihn in den Fokus nahm, kroch ein Schauder von ihrem Nacken über den Rücken, drang sogar unter ihre Haut und hinterließ ein Summen in ihrer Brust. Diese Augen gehörten verboten, denn der Ausdruck darin war ein Killer.

Taras Blick wanderte abwärts zu seiner Hand, in der etwas lag. Ihre Kette!

»Sie scheinen einen Hang zu Verlusten zu haben«, sagte er. »Ich war so frei, sie reparieren zu lassen.«

Tara legte sich den Riemen ihrer Tasche über die Schulter und nahm ihm die Kette ab. »Wo haben Sie die gefunden?«

»Sie hat in der Gürtelschlaufe meiner Hose gehangen. Ich hab sie erst bemerkt, da waren Sie schon weg.« Er grinste schief. »Wahrscheinlich ging sie kaputt bei unserem stürmischen … na, Sie wissen schon.«

Oh ja, sie wusste. Und ihr wurde heiß bei der Erinnerung daran. »Was hat die Reparatur gekostet? Das Geld bekommen Sie natürlich …«

»Nicht nötig. Es war nur der Verschluss.«

»Nein, wirklich. Ich möchte …«

»Begleiten Sie mich auf einen Spaziergang?«

Tara runzelte die Stirn. »Jetzt?«

»Klar. Jetzt.«

»Ich wollte mir etwas zu essen holen.«

»Perfekt. Ich auch. Take-away vielleicht. Mögen Sie Shrimps?«

Er ließ nicht locker, und Tara spürte ihren Argwohn schrumpfen. »Wer in New Orleans mag keine Shrimps?«

»Gut. Da gibt's diesen Laden im French Quarter, die machen die besten Shrimp-Sandwiches. Haben Sie Lust drauf?«

Sie zuckte mit den Schultern, obwohl sie alles andere als die mit dieser Geste einhergehende Gelassenheit fühlte. »Gern. Treffen wir uns gleich dort. Aber ich bestehe darauf, Sie einzuladen.«

Er wies auf die Kette in ihrer Hand. »Soll ich Ihnen damit helfen?«

Sie gab sie ihm. Als er sich hinter sie stellte und ihr die Kette umlegte, hielt sie den Atem an. Nur kurz spürte sie seine Hände auf ihrer Haut, seine Nähe war ihr dafür umso bewusster.

»511 Saint Louis Street«, sagte er. »In einer halben Stunde?«

Tara versprach, dort zu sein.

***

Bars und Shops, Spukhäuser und Stadtvillen, Wahrsagestudios und Galerien, Geheimgänge und Höfe, die Luft gefärbt von Jazz und dem Grillrauch – das war French Quarter.

Sobald sie die Shrimp-Sandwiches hatten, spazierten sie aus dem Trubel heraus und blieben abseits der quirligen Straßen, von denen so viele musikalisch verewigt waren: Die Bourbon Street von Sting, die Toulouse Street von den Doubie Brothers, die Basin Street von Spencer Williams – und noch mehr Musiker hatten ihre Songs gleich der ganzen Stadt gewidmet: Bruce Springsteen nannte sie *The Big Muddy*, Cher *Dark Lady*, *Honky Cat* war sie für Elton John. Bob Dylan war hier angeblich dem *Tambourine Man* begegnet und Jerry Jeff Walker seinem *Mr. Bojangles*. New Orleans atmete durch seine Musik. Man musste nicht im Zentrum tanzen, um sie zu hören. Sie war einfach überall.

»Was hat es mit der Sonnenbrille auf sich?«, fragte er, nachdem sie ein paarmal von den Sandwiches abgebissen hatten.

Tara sah ihn kurz an. Er war nur einen halben Kopf größer als sie, doch seine Frage gab ihr das Gefühl, zu schrumpfen. Also erzählte sie es den Shrimps, die leichter anzuschwindeln waren: »Ich bin mit einer üblen Bindehautentzündung aufgewacht. Meine Augen sind so rot, den Anblick will ich keinem antun.«

Er blieb stehen, kam einen Schritt näher und betrachtete die linke Seite ihres Gesichtes.

»Aha, und dieser Schatten? Wirft den Ihre Sonnenbrille … einseitig?«

Tara seufzte. »Also gut. Ich war ungeschickt. Sie haben ja gesehen, wie gern ich gegen Türen laufe. Sowas passiert mir ständig.«

Er fand ihren Scherz nicht witzig. »Sie sollten diesen Kerl anzeigen. Aber das tun Sie natürlich nicht. Warum nicht? Weil er ein Cop ist?«

Sein Verdacht erschreckte sie. »Das war nicht Ethan«, sagte sie schnell und ging weiter, weil sie gerade zugegeben hatte, dass tatsächlich ein Mann für ihr Veilchen verantwortlich war.

»Wer dann?«

»Es spielt keine Rolle!« Sie nahm einen weiteren Bissen vom Sandwich, kaute und klärte ihre Kehle mit einem Räuspern, bevor sie weitersprach. »Wissen Sie, ich glaube, dass jeder im Leben irgendwann das bekommt, was er verdient.«

»Nicht, wenn niemand auf das jeweilige Werk aufmerksam gemacht wird. Dieser Ethan? Ist das Ihr Lebensgefährte?«

»Nein, nur ein Freund, wieso?«

»Er sollte dafür sorgen, dass Sie …« Er zögerte, passte seine Formulierung an. »… kein Veilchen bekommen, auch als Freund.«

Tara war das Thema leid. »Jay … Sie heißen doch Jay? Was tun Sie so?«

In ihrer Vorlesung hatte er sie aufgefordert, ihn einfach Jay zu nennen. Das ließ sie vermuten, dass dies nicht sein Name war.

»Lassen wir das Siezen, okay, Tara? Ich tue lange nicht so geistreiche Dinge wie du. Beruflich habe ich viel mit Dreck zu tun.«

Sie unterdrückte ein Lachen. »Mit Dreck? Bist du bei der Abfallentsorgung?«

Jetzt schmunzelte er. Er knüllte das Papier seines aufgegessenen Sandwiches zusammen, warf es in einen Abfallcontainer und schob die Hände in die Taschen seiner Anzughose. Den Blick auf den vor ihnen liegenden ruhigen Gehweg geheftet, schlenderte er neben ihr.

»Nein, mit Entsorgung hab ich nichts zu tun.«

Sie musterte ihn, um sich seinen möglichen Job vorzustellen. Wie bei ihrer ersten Begegnung trug er einen hellgrauen Anzug, darunter ein Hemd, dessen oberster Knopf offen war. Die Krawatte hatte er sicher abgenommen, bevor er ihr seinen Besuch abgestattet hatte.

»Wie jemand von der Mülldeponie siehst du auch nicht aus.«

Sein Schmunzeln wurde breiter. »Dort würde ich mich äußerst unwohl fühlen.«

»Arbeitest du auf dem Bau?«

»Auch nicht dort.«

»In einer chemischen Kleiderreinigung?«

Er sah sie an, nur kurz, doch Belustigung blitzte in seinen jetzt nicht mehr so kühlen grauen Augen. »Nein, aber mit der Reinigung kommst du der Sache näher.«

»Du hast eine Reinigungsfirma?«

Er wiegte den Kopf hin und her. »Großzügig betrachtet könnte man es als das bezeichnen. Ich mache viel sauber, was schmutzig geworden ist.«

»Autos? Teppiche? Schreibtische? Teller?«

»Westen vor allen Dingen.«

Tara lachte. »Du säuberst Westen, hast aber keine chemische Reinigung?«

»Exakt.«

Sie schob sich das letzte Stück Sandwich in den Mund. »Ich hoffe, das ist nichts Illegales«, murmelte sie mit halbvollem Mund, weil dieser Gedanke einfach raus musste. »Also falls du dich auf Geldwäsche spezialisiert hast oder eine Drogenküche betreibst …«

»Keine Sorge!« Diese Beschwichtigung kam fast ein bisschen zu schnell.

Mit der Peters Street erreichten sie eine viel befahrene Hauptstraße. Er wollte nicht bis zur nächsten Ampel trotten und streckte seine Hand nach Taras aus, damit sie die Fahrbahnen zusammen überqueren konnten. Sie zögerte einen Moment, nahm seine Hand dann und lief mit ihm zwischen hupenden Autos hindurch auf die andere Seite. Nachdem sie die Bahnschienen überquert hatten, standen sie am Mississippi, der in nächtlicher Gemächlichkeit zum Golf von Mexiko floss.

Er gab ihre Hand frei, ging zu einem Flecken Rasen, zog sein Jackett aus und breitete es aus, um Tara den Platz darauf anzubieten. Als sie saß, setzte er sich neben sie.

»Warum warst du im Bayou?«, fragte er.

Sie zog die Beine heran, schlang die Arme darum und legte den Kopf auf die Knie. Für ihre Antwort ließ sie sich Zeit und erwiderte seinen

Blick, der sie auf seltsame Weise beruhigte und zugleich kribbelig machte.

»Weil ich neugierig war.«

»Hm!«, machte er und legte sich zurück. »Angenommen, ich würde XY-Frau fragen, ob sie sich von mir durch den Bayou scheuchen lässt, meine Beute sein will, dann würde mir XY-Frau den Puls fühlen … und mich wahrscheinlich ohrfeigen. Frauen sind furchtbar schnell mit sowas.«

»Mit Ohrfeigen?« Tara erinnerte sich an die Blondine, die ihm nach seiner Rückkehr vom Safe House eine runtergehauen hatte. »Wieso hast du diese Frau eigentlich nicht angezeigt, so wie du es von mir erwartest? Hast du sie etwa gegen ihren Willen dorthin gebracht und dann hängen lassen?«

»Nein, das war ihre Idee.«

»Okay, dann kann ich ihren Ärger nachvollziehen.«

»Aber meine Frage beantwortest du nicht.«

»Ich bin wahrscheinlich keine XY-Frau.« Tara amüsierte sich im Stillen über diesen Begriff. »Ich mag keine Shoppingtrips, keine Erdbeertörtchen und keinen Kuschelrock. Ich hab Spaß an Gruselgeschichten, klettere nachts über die Mauern von Friedhöfen und lasse mich für den Genuss eines nächtlichen Streifzugs verhaften.«

»Sag das nächste Mal vorher Bescheid, dann helf ich dir über die Mauer und komme nach oder passe auf und pfeife wie eine Nachtigall, wenn die Cops kommen.«

Das war sympathisch. »Du kennst das Lied der Nachtigall?«

Er lachte. »Ich bin lernfähig.«

Sein Lachen klang toll – und Tara rief sich zur Vernunft. *Himmel Herrgott!*, schalt sie sich, *muss er bloß im verdammtem Gras am Mississippi liegen und lachen, um mich zu beeindrucken?* Er. Jay irgendwer. Irgendein Kerl, der Dinge reinigte?

»Um auf deine Frage zurückzukommen«, sagte sie mit mehr Sachlichkeit, »ich war im Bayou, weil ich es erleben wollte. Ich bin nicht der Beziehungstyp, der Kuscheln und ein Himmelbett für die vollkommene Zufriedenheit braucht. Ohnehin bin ich weit davon entfernt, vollkommen zufrieden zu sein ... und das ist auch kein Gefühl, das ich suche. Ich will erleben. Das Leben ist so bunt, wenn man all die Farben sehen will. Ich will sie sehen. Ich dachte, es könnte mir gefallen, aber es war wohl der falsche ... Zeitpunkt.«

Zuerst blieb er still. Zumindest tat das sein Mund. Seine Augen nicht. Die sprachen aus, was er dachte: *Nicht unbedingt der falsche Zeitpunkt ...*

»Würdest du dich noch einmal darauf einlassen?«, fragte er schließlich.

Tara ahnte, worauf er hinauswollte. Sie legte sich ebenfalls zurück, neben ihn, und sah in den Himmel.

»Noch einmal?«

»Mit mir.«

»Bin ich deshalb hier? Weil du mich dazu einladen willst?«

Er schien zu überlegen und seine Antwort schnell zu finden. »Du bist hier, weil wir hier gelandet sind, und du musst mir jetzt nicht antworten. Denk darüber nach, und sag mir in den nächsten Tagen Bescheid. Ich geb dir meine Telefonnummer. Wenn du dich meldest, spreche ich mit Joice. Wenn nicht ... meldest du dich nicht.«

Sie ließ sein Angebot sacken, ohne es wirklich zu bedenken, denn gerade wollte sie einfach nur da sein. Minutenlang lagen sie reglos, schauten zu den Sternen, lauschten der Melodie des Mississippi und schwiegen. Trotzdem sie sich nicht bewegten, fühlte sich Tara, als ob sie einander näher kamen – zusammengezogen von einem warmen, weichen Band.

Als sie im Himmel ein Licht entdeckte, das heller war als alle anderen und sich bewegte, streckte sie den Arm aus, um es ihm zu zeigen.

»Schau mal. Das ist zu schnell und hell für einen Satellit.«

Dass es nur die ISS sein konnte, wollte sie anfügen, da hob er ebenfalls den Arm, legte ihn an ihren und strich mit dem Handrücken über ihren Handrücken. Dann griff er herum und verschränkte seine Finger mit ihren.

»Die ISS«, murmelte er und senkte ihre Arme, ließ sie aber nicht los.

Abermals still beobachteten sie die Raumstation, bis sie aus ihrem Sichtfeld flog und hielten nach anderen ungewöhnlichen Flugobjekten Ausschau, bis die Luft zu kühl wurde.

Er setzte sich auf. »Wo parkst du? Ich bring dich hin.«

Tara sah zu ihm hoch, prinzipiell unwillig, die Zeit mit ihm zu Ende gehen zu lassen. Mit einem Seufzen stand sie auf und sagte ihm, wo ihr Auto stand.

∗∗∗

Schlaf? War überbewertet!

Tara forderte ihr Notebook in Kooperation mit Google heraus, fütterte das Suchfeld mit Namen und hoffte auf ein zufriedenstellendes Ergebnis in der Bilderanzeige. Es gab hunderte Jays in New Orleans, doch ein Bild von ihm fand sie nicht. Es hätte sie auch überrascht, denn sie glaubte nicht, dass er so hieß, sondern hielt es für wahrscheinlich, dass Jay lediglich der Anfangsbuchstabe seines Namens war. Ein Jeremiah oder Jeremy, ein John oder Jonathan, ein James oder Jim schien er allerdings auch nicht zu sein. Zumindest keiner, den das Internet kannte. Als ihr einfiel, dass sie dieselbe Suchaktion mit allen möglichen Nachnamen durchführen konnte, gab sie auf und ging ins Bett – unfähig, einzuschlafen. Sie fühlte sich aufgekratzt, wühlte sich von links nach rechts oder starrte, auf dem Rücken liegend ins Dunkel, während ihre Finger auf die Decke trommelten.

Welchen Grund hatte er, ihr seinen Namen zu verschweigen? War er besonders populär, verheiratet oder doch kriminell?

Ein weiteres Mal rollte sie sich herum, angelte ihr Telefon vom Fußboden, schaltete es ein und holte seine Kontaktdaten auf das Display. Es war besser, ihm zu antworten, jetzt sofort, ihm abzusagen, also lud sie das Nachrichtenfenster und tippte das ›Sorry, ich möchte nicht‹ ein. Einige Sekunden schwebte ihr Daumen über dem Send-Button, dann verwarf sie die Nachricht und schaltete das Telefon aus. Sie drehte sich auf die andere Seite und knautschte das Kissen unter ihrem Kopf zurecht.

Zu behaupten, dass sie nicht wollte, wäre eine glatte Lüge gewesen.

KAPITEL 7

Mit Arnikasalbe und Kühlpackungen hatte Tara
das Veilchen weiter versorgt, sodass es am Mittwoch deutlich schwächer und leicht zu über-
schminken war. Die Sonnenbrille hätte sie gegenüber Kat nicht aufbehalten können, und die wäre
verrückt geworden, hätte sie den Fleck gesehen.

Tara hatte Lachs auf Blattspinat vorbereitet
und einen kalifornischen Chardonnay in den
Kühlschrank gestellt. Kat kam direkt vom Dienst
im Missi Spirits und war hungrig wie eine Löwin,
also brachte Tara das Essen und den Wein gleich
auf die Terrasse, an die ein winziger Garten an-
schloss. Sie waren nicht die einzigen, die von der
Abendluft nach draußen gelockt wurden. Die
Nachbarin zur Linken harkte die Erde ihrer Blu-
menbeete locker, während ihr Mann den Wasser-
schlauch reparierte. Das Paar, dem das rechts angrenzende Grundstück gehörte, lümmelte im

Partnerlook auf Plastikliegen und las. Er einen Thriller, sie eine Backzeitschrift.

Da das Thema nichts für fremde Ohren war, unterhielten sich Tara und Kat leise. Letztere brannte darauf, vom Bayou-Event zu erfahren und war auf Spektakuläres gefasst.

»Was hat Ethan alles mit dir angestellt?«, murmelte sie, während sie mit den widerspenstigen Bandnudeln kämpfte. »Oh, ich wette, es war total aufregend, vor ihm abzuhauen. Wie lange hat es gedauert, bis er dich geschnappt hat?«

Tara beschloss, anders zu beginnen: »Wie würdest du auf einen Mann reagieren, der dir in puncto Sex dein blaues Wunder verspricht, dich Baby nennt und aus heiterem Himmel wissen will, ob du schon feucht bist?«

Kat prustete los. Wieder leise fragte sie: »Das hat Ethan getan?«

Tara schob sich einen Happen Lachs in den Mund und sah Kat abwartend an.

»Also gut … wenn mich einer Baby nennt und diese Frage stellt, statt zu handeln, würde ich ihm sein eigenes, ganz spezielles blaues Wunder ankündigen, sollte er das nochmal tun.«

»Darauf hab ich's nicht ankommen lassen.«

»Heißt?«

»Ethan ist ein Macho. Am Anfang hat es mich nicht gestört, weil ich seine Sprüche nicht so persönlich genommen habe, aber seit einigen Wochen gehen mir sein Gehabe und seine Vorschriften wahnsinnig auf den Zünder. Vielleicht um ihm eins auszuwischen und ihm seine Grenzen zu zeigen, hab ich dafür gesorgt, dass er mich nicht in die Finger bekommt.«

Kat war verdutzt. »Es ist also gar nichts passiert?«

»Das würde ich so nicht sagen. Ich habe ein Paar beim Vögeln beobachtet, mir das Safe House mit einem anderen lustlosen Teilnehmer geteilt und wurde vom tobenden Ethan heim gefahren.«

»Och Mensch, ich hatte mich auf eine spannende Geschichte gefreut.«

»Das ist der Punkt.« Tara nahm ihren Wein, trank einen Schluck und behielt das Glas in der Hand. »Es wäre nicht spannend gewesen, sondern das Gegenteil: Immer sind es diese Cop-Verbrecherin-Spielchen. Er hätte mich auf den Rücken geworfen, mir die Klamotten vom Leib gezerrt und mich beim Vögeln als böses Mädchen betitelt, das nun seine Strafe bekommt. Darauf läuft es immer hinaus. Ich hatte andere Erwartungen, und ziemlich genau zum Spielstart wurde mir klar, dass Ethan sie nicht erfüllen kann.«

Kat begann zu verstehen. »Du wolltest das Bauchkribbeln, wie du es spürst, wenn du über die Friedhofsmauer steigst. Echte Aufregung, weil du nicht weißt, was passiert.«

»Nicht ganz. Ich war nicht dort, um Ethan einen Gefallen zu tun und wie ein hirnloses Bunny durch den Wald zu hoppeln. Ich war für mich selbst dort. Ich ...« Sie suchte und fand das richtige Wort. »Ich wollte überrascht werden.«

»Tolle Überraschung.« Kat legte ihr Besteck auf den geleerten Teller und machte es sich bequem, indem sie die Beine unter den Po zog. »Tut mir echt leid, dass es so gelaufen ist.«

Jetzt oder nie, dachte Tara. Ohnehin brauchte sie Kats Rat.

»Mir tut es gar nicht mal so leid. Ich habe nämlich jemanden kennengelernt.«

Kat grinste. »Ha! Nicht etwa der andere lustlose Teilnehmer im Safe House?«

Wie aufmerksam ihre Freundin zuhörte und auf Details achtete, erstaunte Tara immer wieder.

»Zum ersten Mal gesehen habe ich ihn bei der Anmeldung am Mittag, dann am selben Tag beim Spiel im Bayou, als er im Wald plötzlich vor mir stand.«

»Oh, du Schlimme! Ihr seid zusammen ins Safe House verschwunden? Habt ihr …« Kat ließ den Finger kreisen.

»Sex?« Tara schüttelte den Kopf. »Aber wir haben uns geküsst, wie wahnsinnig, bis Jays Begleitung kam. Da erst sind wir ins Safe House geflüchtet, haben uns aber gleich abholen lassen. Und letzten Montag saß er in meiner Vorlesung, weil er mir etwas zurückgeben wollte.« Sie seufzte und lehnte sich zurück, überging Kats »Oh, oh!« und erzählte weiter.

»Wir sind zum Fluss spaziert, haben am Ufer gelegen.« Um die Erinnerung freizulassen, schloss sie die Augen. »Da war dieser eine Moment, als er meine Hand genommen hat …«

101

»Oh, oh«, machte Kat noch einmal.

Tara sah auf und verscheuchte das süße Gefühl aus ihrem Bauch. »Er hat mich eingeladen, das Spiel zu wiederholen … mit ihm.«

»Und? Tust du's?«

»Das weiß ich noch nicht. Vor allem, weil ich so gut wie nichts von ihm weiß. Ich habe keine Ahnung, wer er ist, wo er wohnt, was er tut.«

»Dann sieht er besser verdammt gut aus.«

»Das tut er.«

»Was hat er dir zurückgegeben?«

Tara hatte gehofft, dass Kat wenigstens dieses Detail überhört hatte. Die Wahrheit war unangenehm, doch sie wollte nicht schwindeln.

»Die Kette, die du mir geschenkt hast. Ich hatte sie im Bayou verloren.«

»Du hast mein Geschenk verloren?!«

»Ja … tut mir leid. Ich hab sie ja zurück.«

Kat kniff die Augen zusammen. »Schon drüber nachgedacht, dass er sie dir geklaut hat? Für den Vorwand, sie zurückzubringen?« Sie runzelte die Stirn und wirkte gereizt, weil es ihr nicht gelang, all die Informationen zu sortieren. »Woher wusste er überhaupt, wo er dich findet?«

»Bei der Anmeldung konnte er einen Blick auf meine ID werfen. Die war mir runtergefallen.«

»So ein Zufall! Tara, echt jetzt! Findest du das nicht merkwürdig? Vielleicht ist er ein Dieb oder irgendein anderer Gauner, der sonst was im Sinn hat.« Belehrend hob sie den Finger. »Du weißt, die Gutaussehenden bringen meist Probleme und sei es nur, weil sie sich nicht auf eine Frau festlegen können.«

Tara hatte natürlich darüber nachgedacht und alle möglichen Gaunerberufe runtergebetet, statt zu schlafen. Dass er den Kontakt zu ihr von vornherein gesucht hatte, konnte sie sich allerdings einfach nicht vorstellen.

»Meine ID hab ich fallen lassen, weil ich so in Eile war. Er wollte sich ebenfalls anmelden und hat den Ausweis eben aufgehoben. Das war eine höfliche Geste. Jeder Mann mit Anstand hätte das getan. Und was die Kette betrifft … deren Verschluss wurde tatsächlich erneuert.«

»Okay, aber warum erzählt er nichts von sich?«

Perfekte Frage! »Ich weiß es nicht. Vielleicht wegen des Spiels.«

»Du willst dich echt darauf einlassen …« Kat hob die Hände, bevor Tara antworten konnte. »Sag nichts, ich weiß, warum: Es würde deine Erwartungen erfüllen, richtig? Ein Fremder auf der Jagd nach dir, und du hast keine Ahnung, was er tun wird.«

»Was spräche dagegen? Ich lasse mich ja nicht irgendwo im Nirgendwo, fern jeder Zivilisation auf ihn ein. Das Ganze hat einen rechtlich abgesicherten Background, wir hinterlegen unsere Daten und außerdem …« Sie musste den Blick senken, um still vor sich hin zu lächeln.

»Und außerdem?«, fragte Kat.

»Außerdem mag ich ihn.« Tara sah wieder auf und konnte dem Bedürfnis der Erklärung nicht widerstehen. »Nicht, weil er gut aussieht oder so ein Geheimnis aus sich macht. Es könnte mir schmeicheln, dass er Benjamin Franklin gelesen hat oder sich um mich bemüht. Ich könnte dir erzählen, dass seine Gesellschaft wahnsinnig entspannend ist oder dass unsere Begegnung, vielleicht sogar der Verlust der Kette, einen tieferen Sinn haben muss … das ist es aber nicht.«

»Sondern?« Kat stützte den Kopf in beide Hände. Sie wollte noch etwas sagen, doch sie kniff den Mund zu und lauerte auf Taras nächste Worte.

»Ist dir das nie passiert? Du begegnest einem Menschen und …« Statt weiterzusprechen, schnippte Tara mit den Fingern.

»Wenn mir das passiert ist, habe ich wenig später auf dem Rücken gelegen, mit seinem Schwanz in mir …«

Als Tara verärgert dazwischenknurrte und abwinkte, lachte sie und beschwichtigte sie schnell. »Schon gut, ich weiß, was du meinst, und wenn dir das mit diesem Mann so geht, dann meinetwegen … triff ihn im Bayou.«

Sie stellte die Teller zusammen und nahm sie, um sie in die Küche zu tragen. Im Gehen sagte sie: »Aber nach dem Spiel verrät er dir besser seinen Namen und die Adresse, an die du deine Liebesbriefe schicken kannst.«

Tara warf ihr einen warnenden Blick zu, weil sie bemerkt hatte, dass die Nachbarin ihre Harke nur noch halbherzig durch die Erde zog und ganz

Ohr war. Dann stand sie ebenfalls auf, um die Auflaufform und den Nudeltopf nach drinnen zu bringen.

»Hast du seine Einladung schon angenommen?«, fragte Kat in der Küche.

»Noch nicht.«

»Na dann. Ruf ihn an!«

»Ich schreibe ihm lieber eine Nachricht.« Sie war viel zu aufgeregt zum Telefonieren, befürchtete nur zu stottern.

Kat reichte ihr das Handy, das auf dem Tresen lag. »Hier! Leg los. Find raus, wer er ist. So, wie du auf ihn reagierst, solltest du das wirklich tun. Und wenn es halt im Bayou ist …«

Tara nahm ihr Telefon und lud die Anwendung für Nachrichten auf das Display. Grinsend und mit einem zugekniffenen Auge importierte sie seine Nummer in das Empfängerfeld und gab einen Text ein.

›Ich bin dabei und gespannt‹, schrieb sie.

***

Kat half, die Küche aufzuräumen, dann verabschiedete sie sich nach Hause. Gerade war sie aus der Tür, da klingelte Taras Handy. Ihr Herzschlag beschleunigte sich, als sie sah, dass Jay anrief.

»Ich freu mich«, sagte er. »Aber es ist noch so lange hin.«

Tara grinste. »Das stimmt.«

»Ich würde dich gern eher sehen.«

»Ich dich auch.«

»Jetzt zum Beispiel.«

Tara warf einen Blick zur Uhr. »Es ist gleich zehn.«

»Genau, also lass uns keine Zeit verlieren. Ich habe eine gute Idee, was wir tun können.«

Was auch immer es war, sie war dabei. »Okay, ich will noch nicht wissen, woran du denkst. Wo treffen wir uns?«

»Dumaine Street, Ecke Royal. Ich bin in dreißig Minuten da. Schaffst du das?«

Locker. Sie würde ein Taxi nehmen, da sie Wein getrunken hatte.

Jay riet ihr noch, etwas Bequemes anzuziehen und eine Jacke mitzubringen, dann legten sie auf. Tara lief ins Bad vor den Spiegel und löste ihre zusammengesteckten Haare, um sie zu einem Dutt zu binden. Sie überlegte, ein bisschen Make-up aufzutragen, ließ das aber und blieb auch in der schwarzen Sweatpants und dem lässig fallenden Shirt. Während sie in Sneakers schlüpfte und nach einer Jacke suchte, rief sie ein Cab. Zehn Minuten später parkte es vor ihrer Tür.

Sie nannte dem Fahrer die Adresse im French Quarter und atmete durch, als er losfuhr. Aufregung kribbelte in ihrem Bauch, und in ihrer Brust flatterte es als würden Schmetterlinge fliegen. Tara legte eine Hand darauf, um es nachzuspüren, nicht um es zu beruhigen. Es sollte bleiben, denn es fühlte sich so gut an.

Die Straßen des French Quarters waren wie gewohnt bevölkert, nicht so dicht wie an Wochenenden und während des Sommers, aber dennoch waren so viele Leute unterwegs, dass das Cab ständig bremsen musste. Mitten im Gewühl war Endstation. Tara bezahlte den Fahrer, gab ein gutes Trinkgeld und stieg aus.

Sie stand vor einem für das Stadtviertel typischen, dreigeschossigen Haus. Türen mit Rundbögen befanden sich in der unteren Etage, allesamt geschlossen. Gleiches galt für die hohen Fenster der oberen Stockwerke, deren Läden zugeklappt waren. Die beiden langen, um das Haus verlaufenden Balkone waren schmucklos, ohne die sonst obligatorischen Flaggen und Blumenkörbe. Ein Metallschild, das an der Unterseite des ersten Balkons befestigt war, verriet, dass im Haus ein Bed & Breakfast gewesen war.

Auf der Suche nach Jay ging Tara um die Straßenecke, fand ihn aber auch dort nicht, also lehnte sie sich gegen eine der verriegelten Türen und wartete. Drei Minuten später drängelte er sich durch die Menge auf sie zu. Tara sah, dass sein bequemes Outfit aus Jeans, einem offenen Karohemd mit hochgeschobenen Ärmeln und einem blauen T-Shirt bestand. Eine Stofftasche hing von seiner Schulter. Seine dunklen Haare waren struwwelig, seine Augen suchten sie. Das Lächeln, das sich auf ihre Lippen schlich, erwiderte er, als er sie entdeckte und er ging noch ein bisschen zügiger. Für einen Moment schien es, als wollte er sie mit einem Kuss begrüßen, doch dann hob er die Hand und klimperte mit einem

Schlüsselbund. Tara traute ihren Augen nicht, als er einen der Schlüssel in das Schloss der Hoteltür schob.

In der Befürchtung, dass Leute auf sie aufmerksam wurden und ihnen folgen wollten, blickte sie sich um, doch niemand schenkte ihnen große Beachtung.

»Wie kommst du an den Schlüssel?«, wisperte sie und schlüpfte hinter Jay ins Haus.

»Ich hab ihn von einem Bekannten ausgeliehen.« Er schloss die Tür wieder ab, holte ein Feuerzeug aus der Tasche und knipste es an.

Sie standen in der einstigen Lobby des Hotels, die jetzt nicht mehr als eine gähnend leere Halle war. Helle Rahmen zeigten an, wo früher Bilder gehangen hatten. Das Parkett war staubig und abgetreten. Offene Durchgänge führten in Räume, die vermutlich als Frühstücksraum und Bar gedient hatten. Eine Treppe, über deren Stufen ein blauer Läufer lag, führte ins Obergeschoss.

»Das Hotel gehört einem Bekannten von dir?«, fragte Tara.

Julien schüttelte den Kopf. »Er hat das Gebäude gekauft, sobald das Hotel raus war. Immobilien im French Quarter sind heißbegehrt, wie du dir vorstellen kannst. Er hat vor, hier einen Club zu eröffnen.« Er wandte sich zu ihr um. »Gehen wir hoch?«

Tara überlegte, was sie oben erwartete. Leere Zimmer und Suiten ohne Möbel? Falls er Sex mit ihr im Sinn hatte, hier irgendwo, in einem vielleicht noch eingerichteten Zimmer, wieso hatte sie dann in einem bequemen Outfit kommen und eine Jacke mitbringen sollen?

Er schien ihre Gedanken zu lesen und reichte ihr die Hand. »Nicht für was du gerade denkst«, schmunzelte er und führte sie die Treppe hinauf bis zur zweiten Etage.

Dort folgten sie dem Gang, gingen vorbei an den Zimmern bis zum Ende, wo sich eine Tür ohne Nummer befand. Jay ließ Taras Hand los, um andere Schlüssel im Bund auszuprobieren. Einer passte und öffnete den Weg in komplette Dunkelheit. Er ging voran, stieg Stufen hinauf und klappte eine Luke zurück. Als ihr Blick auf ein Quadrat des Himmels fiel, beeilte sie sich, die schmale, hölzerne Treppe hinaufzukommen.

Das Dach des Hauses war flach. Es ähnelte einer Terrasse, hatte jedoch kein Geländer. Von den Straßen drangen Stimmgewirr und Gelächter herauf – und natürlich Musik. Tara ging zum Rand des Daches und spähte hinab, während Jay drei herumstehende Obstkisten zusammenrückte. Auf eine, die als Tisch diente, stellte er eine Flasche Wein und zwei Becher – das hatte sich in seiner Tasche befunden. Tara setzte sich auf eine zweite Kiste und beobachtete, wie er die Flasche öffnete und beide Becher halbvoll schenkte. Einen reichte er ihr.

»Ich hatte eben schon Wein«, sagte sie, nahm den Becher aber. »Wahrscheinlich steh ich morgen mit einem Hangover vor den Studenten.«

Er setze sich auf die dritte Kiste. »Manche Dinge sind einen Hangover wert, andere eine Verhaftung.«

Tara widersprach nicht. Sie nippte am Wein, der trocken war, aber eine fruchtige Note besaß. Ihr Blick schweifte über die Dächer bis zu den Hochhäusern von New Orleans. Sogar die Crescent Bridge konnte sie sehen. Es fühlte sich grandios an, mittendrin zu sein und doch ganz allein – mit ihm.

»Erzähl mir irgendwas von dir, das wahr ist«, bat sie ihn, ohne den Blick von der Stadt zu nehmen.

»Du glaubst, ich hätte bisher gelogen?«, hörte sie ihn fragen. Er klang ehrlich verwundert.

Sie sah ihn an. »Das nicht, aber du machst ein Geheimnis um deinen Job und verrätst deinen echten Namen nicht. Ich mag nicht fragen, also erzähl einfach, was du möchtest. Bist du in New Orleans aufgewachsen?«

Diese Erkundigung hielt sie für unverfänglich, und sein Zögern schob sie auf ihre Unterstellung, dass er log. Beinahe tat es ihr leid.

»In Bywater«, sagte er. »Inzwischen ist es hip, dort zu leben.« Zu erwähnen, dass es das früher nicht gewesen war, ersparte er sich.

»Wohnen deine Eltern noch dort?«

»Nein, meine Mutter hat das Haus verkauft, nachdem mein Vater …«, er stockte abermals, »gestorben war. Sie ist nach Illinois gezogen, wo ihre Schwester lebt.«

»Tut mir leid«, sagte Tara und wollte ein anderer Thema beginnen, doch er winkte ab.

»Schon okay. Ist jetzt schon elf Jahre her.«

»War er schon älter oder krank, dass er so früh gestorben …«

»Herzstillstand«, fiel er ihr ins Wort. Seine Stimme war nach wie vor sanft, doch in seinen Augen flackerte es hell und kühl.

Seine Reaktion ließ sie vermuten, dass das Verhältnis zu seinem Vater schwierig gewesen war und dass es Konflikte gegeben hatte, die bis zu seinem Tod nicht aus der Welt geschafft worden waren.

»Familie ist ein blödes Thema«, murmelte sie und sah an ihrem Becher vorbei auf ihre Schuhspitzen. Davon konnte sie ein Lied singen und hoffte, er würde nicht fragen.

Er blieb still, und ihr anhaltendes Schweigen ließ die Melodien des French Quarters von Minute zu Minute lauter erscheinen. Tara schloss die Augen, um den Moment auszukosten und ihn in allen Sinnen abzuspeichern. Als sie wieder aufsah, stand Jay vor ihr. Er nahm ihr den Becher aus der Hand und stellte ihn auf die Kiste, dann zog er sie hoch, zog sie an sich und küsste sie. Sie war so überrascht und prompt so aufgeregt, dass ihr schwindelig wurde. Sie schlang die Arme um ihn, schmeckte den Wein auf seinen Lippen – eine bittersüße Note verlieh er ihrem Kuss.

Tara hörte das Rauschen ihres Blutes, das Klopfen ihres Herzes, die Musik aus den Straßen, das Brummen von Autos … und mittendrin ein Klingeln, das in unmittelbarer Nähe ertönte. Jay ignorierte es. Er hielt sie fest und küsste sie weiter, doch Tara war bald zu irritiert und löste sich von ihm.

Er runzelte die Stirn und lauschte, dann lachte er. »Das ist mein Telefon, verdammt«, sagte er und holte das Handy aus seiner Hosentasche.

Beim Blick auf das Display bekamen die Furchen auf seiner Stirn mehr Tiefe. Er drehte sich weg, nahm das Gespräch an und ging zum anderen Ende des Daches. Tara verstand trotzdem jedes Wort. Jay bat den Anrufer, die Unterhaltung auf den Morgen zu verschieben, gab aber bald nach und versprach, in einer halben Stunde zurückzurufen.

»Ich muss leider los«, sagte er, als er wieder bei ihr war.

»Sehr schade. Gibt's Probleme?«, fragte sie.

»Nicht für mich. Ich bringe dich nach Hause, okay?«

Tara wollte ihn nicht aufhalten, fand sie es auch merkwürdig, dass er mitten in der Nacht Probleme lösen musste, also sagte sie ihm, dass sie im Cab fahren würde. Sie nahm ihre Jacke, zog sie über und ging zur Luke. Den Wein und die Becher ließen sie stehen. Jay schloss zu ihr. Er hielt sie zurück, bevor sie die Stufen hinuntergehen konnte und küsste sie abermals.

»Danke für die Stunde«, murmelte er an ihren Lippen.

»Danke ebenfalls«, gab Tara zurück und strich ihm durch die dunklen Haare. Sie fühlten sich fest und weich an. »Wir sehen uns im Bayou.«

»Ich freu mich drauf.« Er lächelte, zog sie noch einmal näher, wie um sie zu spüren und nahm dann ihre Hand. »Im Übrigen brauchst du wegen mir kein Grün anzuziehen, kleiner Blackbird.«

KAPITEL 8

Jay hatte angeboten, Tara abzuholen, doch sie fuhr selbst in den Bayou. Die Vorstellung, neben ihm im Auto zu sitzen und Small Talk zu halten, war irrwitzig. Es würde nicht passen zu dem, was folgen sollte. Sie wollte, dass er ein Fremder blieb … für das Event. Nur dafür. Und danach wollte sie alles von ihm erfahren.

Tara war wieder als letzte dort. Alle anderen Teilnehmer, auch Jay, warteten bei Musik und Drinks in der Lobby des Haupthauses auf den Beginn des Spiels. Beim Eintreten fiel ihr Blick sofort auf ihn, und sie grinste, weil er diesmal auch kein Grün trug, sondern ein schwarzes T-Shirt, eine schwarze Hose und schwarze Sneakers. In einer seitlichen Gürtelschlaufe hing ein dünnes Seil. Das alles passte hervorragend zu ihrem eigenen Outfit: ein ärmelloses, eng anliegendes schwarzes Baumwollkleid, das bis zu ihren Knien reichte. An den Füßen trug sie Boots.

Joice war diesmal allein und würde nicht teilnehmen. Flankiert von ihrem Security-Team, reichte sie Tara den Longdrink, der abermals nicht viel mehr als die Funktion der Handkühlung haben würde. Sie ging zu Jay, erwiderte sein leises Hallo und fröstelte, weil sein Blick von ihren Augen zu ihrem Mund flog und dort hängen blieb. Außerdem roch er so gut; nicht nach einem Parfüm, einfach nach sich selbst, nach frischer Luft und salziger Haut.

Um sich abzulenken, inspizierte sie die anderen drei Teilnehmerpaare: Zwei Blonde, die wie Soldaten nebeneinander standen, ein Gespann in den Fünfzigern und ein homosexuelles Paar.

»Ich wette, die Blonde freut sich drauf, sein Drill Sergeant zu sein«, raunte Jay in Taras Ohr.

Tara drehte den anderen den Rücken zu und riskierte es, ihm erneut in die Augen zu schauen.

»Das war mein Gedanke«, flüsterte sie und nippte doch am Drink, weil ihr Mund so trocken war. »Bestimmt hat sie eine Pfeife dabei und lässt ihn fünfzig Liegestütze machen, bei denen sie auf ihm reitet.«

Er schmunzelte, warf einen Blick über ihre Schulter und konzentrierte sich wieder auf sie.

»Was, meinst du, versprechen sich die Ü-Fünfziger hiervon?«

»Abwechslung zum Barbecue?«

»Möglich. Ich denke, wir sollten lieber nicht in ihre Nähe kommen.«

»Das glaube ich auch. Und die beiden Jungs?«

Abermals zuckte es um seinen Mund. »Die sind nett. Ich habe eben ein paar Worte mit ihnen gewechselt. Einer ist schwul, der andere bi.«

Tara zog die Brauen hoch. »Eine so intensive Unterhaltung hattet ihr bereits?«

»Japp, sie sind cool.« Immer tiefer schien er in ihren Blick zu tauchen und sich dort wohl zu fühlen, denn sein Schmunzeln verwandelte sich in ein Lächeln. »Du siehst hübsch aus.«

Das sagte er, ohne nur eine Sekunde in ihren Ausschnitt oder auf ihre Taille zu gucken. Er lobte nicht ihren im Kleid geilen Arsch und erkundigte sich ebenso wenig über den Zustand ihrer Erregung. Er sorgte lediglich dafür, dass dieser sich positiv entwickelte – bewusst oder unbewusst, durch einen Blick, ein Lächeln und ein schlichtes Kompliment.

Ganze Heerscharen von Feministinnen hörte Tara in ihrem Kopf höhnen: *Ohh, komm schon! Ist es so leicht?* Sie antwortete mit *Ja, ist es* und stellte den Ton ab.

Joices Ton ließ sich nicht abstellen. Sie tönte ungestört in die Stille zwischen Tara und Jay, indem sie verkündete, dass es losgehen würde. Einer der Securitymänner begann, von zehn abwärts zu zählen. In einem Moment glaubte Tara, dass Jay ihr einen Kuss auf die Wange geben wollte, doch er entließ sie ohne – ohne ein Wort auch. Sie wandte sich ab, ging mit den anderen Läufern vor die Tür und rannte die Stufen hinab, als das »Go« durch den Wald hallte. Auf den ers-

ten Schritten, als der Schein der vorm Haus lo-
dernden Feuer noch den Boden erhellte, hielt sie
die ganze Aktion für vollkommen albern, doch
dieses Gefühl verlor sich mehr und mehr, je
dunkler es wurde.

Den ganzen Tag über war die Luft schwül-
warm gewesen. Die dicht wachsenden Blätter hatten die Luftfeuchtigkeit ein paar Stunden abhal-
ten können, doch jetzt tropfte sie hinab, staute
sich zwischen den Stämmen und legte sich wie
ein Film auf Taras Haut. Atemlos hielt sie inne,
starrte durch die Dämmerung und vergewisserte
sich, dass sie allein war. Dann lief sie weiter,
diesmal in Richtung des östlichen Safe Houses,
dessen Feuer sie bereits entdeckt hatte. Für Osten
hatte sie sich entschieden, weil Jay und sie bereits
im Süden gewesen waren und ihr der Norden von
Ethan befohlen worden war. Das Safe House
selbst war diesmal keine Option, dachte sie auch
in mancher Sekunde, in der ihr Herz besonders
wild in der Brust hämmerte, darüber nach.

Ein Schrei ertönte. Irgendwo. Weiter weg. Erschrocken stoppte sie, lauschte auf Schritte und
machte sich bewusst, dass die drei Minuten Vorsprung um sein mussten. Es wurde Zeit, dass sie
ein Versteck fand – wie blöd, wenn sie hier wie
eine Zielscheibe herumstehen würde. Hastig tas-
teten ihre Blicke die Umgebung ab. Da waren ein
Gebüsch, das nichts taugte, und ein Baumhaus,
das zu offensichtlich war. Strickleitern hingen an
den Stämmen anderer Bäume, doch sie mochte

nicht wie eine Dohle auf einem Ast hocken. Auch nicht wie eine Amsel, ein Blackbird.

Plötzlich vernahm sie etwas, floh hinter einen dicken Baum und hielt den Atem an. Sie spürte den Puls in ihrer Halsschlagader, und ihr Herzschlag dröhnte in ihren Ohren. Als es ruhiger in ihr wurde, hörte sie Schritte durch Laub rascheln, die eines Einzelnen. Sie musste wissen, ob er das war, und bewegte sich minimal, um einen Blick zu riskieren. In einer Entfernung von nicht mal mehr zwanzig Metern entdeckte sie Jay, der stehengeblieben war und an einer Strickleiter hinaufsah. Taras Hoffnung war das Baumhaus, das zwar viel näher lag, ihr aber die Chance gab, abzuhauen, wenn er hinaufkletterte.

Die Schritte kamen näher. Tara presste sich so fest gegen die Rinde, als wollte sie darunter verschwinden. Die folgende Stille ließ sie vermuten, dass Jay das Baumhaus erreicht hatte, also wagte sie einen weiteren Blick. Tatsächlich! Keine zehn Meter entfernt erklomm er die in das Geäst führende Leiter. Zum Überlegen blieb ihr keine Zeit, also gab sie sich einen Ruck und floh auf leisen Sohlen von Baum zu Baum, wobei sie Laubansammlungen und herumliegende Zweige mied.
Bei einem Blick über die Schulter stellte sie fest, dass Jay den Rückweg angetreten hatte. Mit einem leisen Ächzen sprang er von der drittletzten Sprosse auf den Boden.

Ein Läufer wähnte sich wohl so lange im Vorteil, bis er vom Fänger entdeckt wurde. Tara bedachte, dass Jay größer war als sie und als Mann von Natur aus stärker. Wahrscheinlich war er auch schneller. Solange er sie nicht fand, half also nur List – über eine nächste konnte sie nachdenken, wenn Jay einen anderen Winkel einschlug und sich entfernte.

Als er weiterging, drückte sich Tara erneut an ihren Baum und tat noch einen Schritt zur Seite, um sich besser dahinter zu verstecken. Sie erstarrte, als es unter ihren Füßen knackte. Nicht gerade leise. Ein größerer, trockener Zweig war unter ihrem Stiefel zerbrochen. Mit wiederum angehaltenem Atem horchte sie in ihre Umgebung. Ringsherum war es still. Ohne Zweifel, weil Jay ebenfalls lauschte. Oder sich vielleicht anschlich? Die in ihr erwachende Euphorie machte sie mutig und befahl ihr, sich zu bewegen, also sprintete sie los, legte alle Kraft in die Beine. Sie musste sich nicht umdrehen, sie hörte Jay hinter sich, seine Schritte nur, seinen Atem nicht, was sie auf eine größere Distanz zwischen ihnen schließen ließ. Mit langen Schritten, bei denen sie den Boden kaum zu berühren schien, flog sie auf das Feuer des südlichen Safe Houses zu. Weniger als zuvor plante sie, sich hinein zu retten, doch das wollte sie Jay annehmen lassen.

Ihr Kleid pappte an ihrem Körper. Ihre Haare, die sie zu einem Zopf geflochten hatte, lösten sich und flogen ihr um den Kopf, klebten ihr auch an der nassen Stirn und verfingen sich in ihrem Mundwinkel. Sie strich sie weg und warf endlich einen Blick zurück. Als sie Jay nicht entdeckte, nicht einmal mehr hörte, huschte sie hinter den nächsten Baum und versuchte, still zu sein, was allein wegen ihrer Atmung schwer war.

Sie brauchte ein besseres Versteck und schaute sich danach um, da ertönte ein leises Surren und ein Seil schwirrte um sie herum. Bevor sie sich bewegen konnte, war sie schon festgezurrt. So erschrocken sie war, sie musste doch auch lachen.

»Warst du bei Indiana Jones in der Lehre?«, fragte sie mit noch atemloser Stimme.

Jay antwortete nicht. Das Seil festhaltend, kam er herum und presste sich an sie – nur, um sie festzuhalten, da er das Seil offenbar an anderer Stelle einsetzen wollte. Dass ihr Witz ihn dennoch amüsierte, verriet das feine Lächeln um seinen Mund, für Sekunden auch das Funkeln in seinen Augen, doch dann wurden sie dunkler. Tara fröstelte und biss sich auf die Lippen, als er ihre Arme über den Kopf hob und ihre Hände übereinander brachte. Er wickelte das Seil um ihre Gelenke, band sie aneinander, gab ihren Körper dann frei und verschwand aus ihrem Sichtfeld, weil er das Seil um den Baumstamm schlingen wollte. Tara zerrte daran, konnte ihre Hände aber kaum einen Millimeter bewegen, so gut waren sie fixiert.

Jay kam zurück, verschränkte die Arme vor der Brust und betrachtete sie. Von ihren Augen und ihrem Mund glitt sein Blick nun sehr wohl über ihren Körper. Tara legte den Kopf gegen ihren Arm und presste die Oberschenkel zusammen, um das dazwischen einsetzende Kribbeln zu kontrollieren. Sie spürte, wie ihre Nippel hart wurden, was ihr BH jedoch vor ihm verbarg.

»Ein grandioser Fang!«, murmelte er, löste seine Arme und kam näher. Sein Blick war nun wieder auf Taras Gesicht konzentriert. »So schön!«

Tara schluckte und zog ein weiteres Mal an ihren Fesseln, doch das Seil hielt stand.

»Wenn du mich ansiehst«, sagte er weiter, »macht das was mit mir, ist dir das klar? Deine Augen sind der Wahnsinn.«

Ebenso!, dachte Tara, blieb aber still.

»So dunkel, so sanft, trügerisch sanft vielleicht. Ich frage mich …«, murmelte er, sobald er nahe vor ihr stand. Er senkte den Kopf ein wenig, um sie weiter anzusehen. Dass er sie nicht küsste, machte sie irre.

»Was fragst du dich?«, wisperte sie.

»Wie deine Augen wohl aussehen, wenn du kommst.«

»Das weiß ich nicht.«

»Wieso nicht? Hast du es dir nie vor einem Spiegel gemacht und dich dabei angeschaut?«

Sie schüttelte den Kopf und hielt den Atem an, als seine Hände ihre Brüste umschlossen und kneteten. Sein Interesse galt ihnen aber nicht wirklich, denn schon im nächsten Moment strich er über ihren Bauch und packte ihre Hüften.

»Dann werde ich es jetzt herausfinden und dir erzählen, was ich sehe.«

Mit seinen Füßen schob er ihre Füße auseinander, sodass sie ihre Schenkel nicht länger zusammenpressen konnte. Er legte eine Hand an ihren Rücken, direkt über ihren Po, und schob die andere unter den Saum ihres Kleides. Kurz streichelten seine Finger über ihre Beininnenseiten, dann waren sie unter ihrem Slip und tauchten in sie ein. Tara seufzte und wollte die Augen schließen, doch sein mit einem Mal beinahe grimmiger Blick hielt sie davon ab. Sie barg ihre Lippen an seinem Mundwinkel, konnte ihn aber nicht küssen, wie sie es wollte, weil er das nicht vorzuhaben schien.

»Adios, Sanftheit«, sagte er mit heiserer Stimme und umkreiste ihren Kitzler mit einem Finger. »Jetzt ist dein Blick voller Gier. Was willst du? Mehr hiervon?« Er ließ seine Berührung intensiver werden, entlockte ihr damit ein Ächzen. »Oder willst du etwas anderes?«

»Fragst du mich tatsächlich?«, entgegnete sie.

»Nicht wirklich. Aber es interessiert mich.«

»Mein Wille ist gerade sehr … schwer zu fassen. Also tu, was du nicht lassen kannst.«

Der Aufforderung kam er nach. Ohne den Blick von ihrem zu lösen, berührte er sie weiter, dort an ihrer empfindlichsten Stelle. Er schickte seinen durch ihre Lust nassen Finger um ihre Klit und ließ sie an seinen Beobachtungen teilhaben, erzählte ihr von ihrem Mund, der sich öffnete, von ihren voller werdenden Lippen, vom mehr und mehr ekstatischen Ausdruck in ihren Augen, den weiten Pupillen, dem dunkleren Braun der Iris, den zusammengezogenen Brauen.

Vor Taras Augen begann es zu flimmern. Ihr Hörsinn verabschiedete sich, doch ihr Geruchssinn blieb aktiv. Sie roch Jay, spürte ihn noch viel mehr. Durch als das und seinen Blick brachte er sie dazu, ihn zu erkennen.

Als ihr Becken zu zucken begann, ihr Stöhnen laut wurde und sie kam, schien es, als wolle er sie küssen, doch er atmete ihren Schrei lediglich ein.

***

Caleb Followills Stimme passte so gut an diesen Ort, in die Hitze der Nacht, begleitet vom einzigartigen Singen der E-Gitarre, des Basses und den perfekt abgestimmten Drums im Song *Beautiful War.*

Southern Rock gab es längst nicht mehr, denn man unterschied nicht mehr wirklich in Nord und Süd, sondern fasste alles unter dem Begriff *Alternative* zusammen, was okay war. Nichtsdestotrotz waren die Kings of Leon eine für Tara großartige Southern Rock Band. Für Jay offenbar auch, denn die Musik schallte aus seinem Wagen. Er hatte das Fenster heruntergelassen, lehnte gegen die Karosse – eine Spiegelung von Tara an ihrem eigenen Auto. Sie waren die einzigen, die noch vor dem Wald parkten. Zuletzt war Joice weggefahren.

Tara konnte gar nicht anders als sich ständig bewusst zu machen, was sie gerade erlebt hatten und den aktuellen Moment gegenüberzustellen. Der wirkte irritierend schlicht und dennoch willkommen normal gegen das, was auf der Jagd geschehen war. Dass er die Hosen angelassen hatte, wunderte sie so sehr, dass sie es ansprechen musste.

»War das so, wie du es dir vorgestellt hast?«

Er grinste. »Eigentlich habe ich mir gar nichts vorgestellt, aber ich bin mit dem Ergebnis zufrieden. Warum? Hast du etwas vermisst?«

»Nun ja … vielleicht, dass du auch … Befriedigung findest.«

Sein Grinsen wurde breiter. »Ich bin absolut befriedigt.«

Tara verstand, dass er das Thema für heute für beendet erklären wollte, also hob sie die Arme über den Kopf, streckte sich und ächzte, weil das Strecken ihren Muskeln und Sehnen gut tat.

»Ich habe so einen Hunger!«, murmelte sie und entspannte sich wieder. »Ich könnte eine ganze Pizza verdrücken.«

»Tatsächlich. Was sollte drauf sein?«

»Käse auf jeden Fall, Mozzarella am besten und ein bisschen Gorgonzola. Tomaten natürlich und Seranoschinken, Rucola und Balsamico.«

Allein beim Gedanken lief ihr das Wasser im Mund zusammen, und ihr Magen knurrte tatsächlich. Sie lachte, als Jay sein Handy aus dem Auto holte und fragte noch, was er vorhatte, da redete er schon mit dem Angerufenen, bestellte ihre Wunsch-Pizza und für sich eine Pizza Salami mit extra Peperoni. Bei der Lieferadresse geriet er in Erklärungsnot. Er nahm das Handy vom Ohr und fragte sie nach dem Namen des Highways. Tara versuchte sich zu erinnern und kam zu dem Schluss, nie einen Namen gelesen zu haben.

»Kurz hinter der Abfahrt zum Wildlife Refuge soll er vom Chef Menteur Highway nach rechts auf diesen Weg abbiegen«, sagte sie.

Jay gab die Infos durch und fügte an, dass der Fahrer am Ende der Strecke bloß nach dem Wäldchen mit den beiden Autos davor Ausschau halten müsste. Weil dem Pizzaservice die Bestellung offenbar nicht ganz geheuer war, versprach er einen Komplikationszuschlag von zwanzig Dollar, ein gutes Trinkgeld für den Fahrer und bestellte noch eine Flasche Wein, damit der für die Auslieferung erforderliche Grundbetrag erreicht wurde.

»In vierzig Minuten gibt's Pizza«, sagte er und warf sein Handy durch das offene Fenster auf den Beifahrersitz.

»Wenn sich der Fahrer nicht verfährt«, grinste Tara. »Wir hätten es uns auch leicht machen und in die Stadt fahren können.«

»Leicht machen es sich doch die meisten.« Er schob die Hände in seine Hosentaschen, zog die Schultern hoch und ließ sie mit dem Ausatmen wieder fallen. »Außerdem mag ich es gerade zu sehr, mit dir hier zu sein, als für so etwas Profanes wie Pizza in einem Diner oder Restaurant wegzufahren.«

Sie schlossen eine Wette ab: Wenn der Fahrer pünktlich war, musste Tara den Korken aus der Flasche holen und käme er zu spät, war das Jays Aufgabe.

Die Wette erübrigte sich, weil der Pizzalieferant Jay eine Flasche mit Schraubverschluss in die Hand drückte. Der Mann sprach gebrochenes Englisch und wunderte sich nicht, was seine Kunden im Nirgendwo trieben, sondern freute sich über sein Trinkgeld und düste wieder ab. Tara klappte den Karton mit ihrer Pizza auf dem Autodach auf, Jay tat das Gleiche mit seinem. Dann schenkte er Wein in zwei Becher, die der Lieferant herausgerückt hatte, und gab ihr einen. Sie tranken einen Schluck und machten sich gleichermaßen hungrig über ihre Pizzen her.

Während des Essens überlegte Tara, wie sie endlich etwas von ihm erfuhr. Sie wollte sich nicht noch einmal nach seinem Namen oder dem Job erkundigen und entschied sich für einen anderen Ansatz.

»Wann hast du Benjamin Franklins Biografie gelesen?«

Jay schluckte seinen Bissen und wischte sich mit dem Handrücken über den Mund. »Während des Studiums.«

Tara hielt es für möglich, dass er wie sie Englisch studiert hatte. Vielleicht sogar an der UNO? Dann müsste sie nur in alten Jahrbüchern blättern, um etwas über ihn herauszufinden – seinen wirklichen Namen vor allem.

»Hast du in New Orleans studiert?«

»Nein, an der Duke. Die UNO hatte mein Studium nicht im Angebot.«

In North Carolina war er also gewesen, an einer der besten Unis des Landes, und das nicht, um Englisch zu studieren. Dumm nur, dass die Duke so gut wie jeden Studiengang anbot. Die direkte Frage war einen Versuch wert.

»Wann warst du dort?« Ach, und gleich noch eine hinterher. »Was hast du studiert?«

»Bis vor elf Jahren in etwa.« In Mangel an einer Serviette säuberte er sich die Finger an seiner Hose. »Reinigungspolitik mit Abschluss Master of Kraut und Rüben.«

»Ach, komm schon …«, brauste sie auf und bewarf ihn mit ihrem leeren Becher. »Warum machst du so ein Geheimnis daraus? Ich kann ja nur annehmen, dass du kriminell bist.«

»Vielleicht ist mein Job nur megaspießig.« Er hob den Becher auf und stülpte ihn in seinen. Weil sie fahren würden, hatten sie beschlossen, es bei einer Runde Wein zu belassen.

»Ist mir egal! Erzähl mir von dir. Irgendwas, nicht irgendwann. Wie geht es weiter … ab hier?«

Sie hatte das Gefühl und den Wunsch, dass sie und er erst am Anfang standen. Sie fühlte sich zu ihm hingezogen, so sehr, und sie spürte, dass das auf Gegenseitigkeit beruhte, doch sie war verunsichert, weil er sie weiter auf Distanz hielt und keinen Versuch unternahm, ihr körperlich näher zu kommen. Er küsste sie nicht mal, hielt den

Abstand vielleicht bewusst ein, um es sich leichter zu machen.

»Ich habe keine Ahnung, wie es weitergeht«, antwortete er. »Ich bin mir nur sicher, dass wir uns ziemlich bald wiedersehen.«

»Liegt das nicht an uns?«

Er zwinkerte. »Eben, deshalb bin ich mir sicher.«

KAPITEL 9

Mit einem Surren schloss sich das Tor des Geländes hinter ihm, rastete dann ein. Er warf sich seine Tasche über die Schulter, festigte seinen Griff um den Henkel und ging die Straße entlang zum vorderen Ausgang. In seinem Nacken kribbelte es, stärker und unangenehmer auf jedem Schritt, bis er einen Blick zurückwarf, auf den Zaun, über den Stacheldrahtrollen gespannt waren, auf die Wachtürme und die sandfarbenen Komplexe hinter dem Gatter. Ein Trupp Männer in weißen T-Shirts und Bluejeans trabte vorbei, alles Schwarze. Sie sprachen nicht, schlurften lustlos dahin, trugen Schaufeln und wurden von zwei Wärtern auf Pferden begleitet. Überwacht und dirigiert.

Erst als er das Außentor hinter sich gebracht hatte, atmete er durch. Noch vernahm er das Summen des Stroms, eine konstante Melodie hier, begleitet vom Zirpen der Grillen. Elf Jahre lang hatte er dieses Geräusch gehört, bis in seine Träume war es gedrungen.

Er ging schneller, entriegelte seinen Wagen auf den letzten Metern, riss die Tür auf, zerrte die Tasche ab und warf sie auf den Beifahrersitz, setzte sich hinter das Lenkrad und schloss die Tür. *Wumm.* Stille. Wie in einem Vakuum. Nach einem Moment des Innehaltens schob er den Schlüssel in die Zündung, startete den Motor und fuhr los. Die Fahrt nach New Orleans würde zwei Stunden dauern, und er brauchte jede Minute – um Angola hinter sich zu lassen. Wieder einmal.

Das Louisiana State Penintentiary kannte man nicht nur unter dem Namen Angola, sondern auch als *The Farm* oder *Alcatraz of the South*. Ein Spitzname erklärte sich von selbst, den anderen verdankte es der dort betriebenen Landwirtschaft. Auf siebentausenddreihundert Hektar Ackerland lag Angola ganz im Norden von Louisiana, an drei Seiten umgeben vom Mississippi. Es barg nicht nur reguläre Gefängniszellen für mehr als sechstausend Häftlinge, sondern auch ein Museum, einen Golfplatz, eine Rodeo-Arena sowie den Todestrakt und die Hinrichtungskammer.

Im Jahr 1973 hatte der Bundesstaat die Todesstrafe wiedereingeführt. Die letzte Exekution hatte im Jahr 2010 stattgefunden, was ungewöhnlich war für Louisiana, wo die Sache im großen Stil verfochten wurde. Zahlreiche Insassen warteten noch auf ihre Exekution, viele seit Jahrzehnten. Einige von ihnen unschuldig, verurteilt auf Basis von allem anderen als stichhaltigen Beweisen und auf wackeligen Beinen stehenden Anklagen. Kaum einer der ihnen zur Seite gestellten Pflichtverteidiger hatte je einen Strafprozess geführt, wohingegen überaus erfahrene Staatsanwälte für zuverlässige Geschworene gesorgt hatten. Experten im Zeugenstand waren eine Seltenheit, Aussagen von durch die Polizei beeinflussten Menschen allerdings nicht.

Wenige, deren Unschuld nachgewiesen werden konnte, waren freigesprochen und mit 25.000 Dollar pro Haftjahr entschädigt worden. Inwieweit die Betroffenen tatsächlich entschädigt waren, stand außer Frage. Solche Fehlentscheidungen waren durch nichts auf der Welt gutzumachen, sondern mussten von vornherein verhindert werden. Das hatte er sich zur Aufgabe gemacht. In seinen elf Jahren als Anwalt hatte er nur verteidigt, wen er für zweifellos unschuldig hielt. Gleichermaßen verhielt es sich mit Fällen der Anklage.

Zuletzt hatte er Lil Shawn vor einer Inhaftierung bewahrt. Ihm war der Mord an einem Kontrahenten, dem Kopf einer anderen Gang, vorgeworfen worden. In der Verhandlung wurde bewiesen, dass der Typ von eigenen Leuten um die Ecke gebracht worden war.

Lil Shawn war kein Mörder. Er war ein durchgeknallter Hip-Hopper mit einem nicht allzu guten Ruf. Auch, weil er kokste und kein Geheimnis daraus machte. Oft genug hatte er den Mann gewarnt, dass er deshalb in den Knast wandern konnte, doch solange Lil Shawn niemanden schädigte, war das Koksen nicht seine Angelegenheit. Die war der Vorwurf des Mordes gewesen, und er hatte für Recht gesorgt, indem er diesen Vorwurf ausgeräumt hatte.

Einen anderen Fall, wegen dem er gestern angerufen und heute in Angola gewesen war, musste er aufgrund seines Zweifels an der Unschuld ablehnen und nutzte die Fahrt, um sich davon zu lösen. Gedankenverloren düste er über den Highway, zum gefühlt tausendsten Mal. Er kannte die Strecke im Schlaf und war zu schnell unterwegs, konnte den Fuß aber nicht vom Gaspedal heben.

Baton Rouge lag bereits hinter ihm, und er hatte vom Highway auf die Interstate gewechselt. Die tiefstehende Sonne blendete ihn von der Seite und die Sonnenbrille half nur mäßig. Er war erledigt, doch er wollte nicht nach Hause. Dort war es zu ruhig, dort warteten Sorgen und Erinnerungen, also rief er eine Telefonnummer via Fernsprechanlage auf und wollte sie anwählen, da rannte ein Reh in noch einigen Metern Entfernung aus dem Wald auf die Fahrbahn. Er trat die Bremse durch, fluchte und hielt das Lenkrad fest. Unmittelbar vor dem vor Schreck stehen gebliebenen Tier kam sein Wagen zum Halt. Ein Hupen ertönte, und beim Blick in den Rückspiegel sah er, dass das Auto hinter ihm die Vollbremsung gerade so schaffte. Das Hupen hielt an, während das Reh kehrtmachte und wieder im Grün verschwand.

Im Augenwinkel bemerkte er, dass neben ihm auf der äußeren Fahrspur ein Pick-up hielt. Er sah hinüber auf den grimmig dreinschauenden Bärtigen am Lenkrad.

»Was bremst du für ein Reh, Arschgeige?«, brüllte der Typ so laut, dass er sogar bei geschlossenem Fenster jedes Wort verstand. »Ist doch bald Jagdsaison.« Offenbar fand er seine Aussage witzig, denn er griente.

So viel Blödheit gehörte nur ignoriert. Selbst wenn er in einem robusten Pick-up mit extra fetter Stoßstange gesessen hätte statt in einer Limousine, hätte er das Tier nicht überfahren wollen.

»Was ist los, Arschgeige?«, grölte der Typ weiter. »Verträgst du keinen Spaß oder sprichst du nicht mit einem wie mir? Pass auf, dass ich dich nicht aus deiner schnieken Karre zerre und dir das hübsche Gesicht poliere, bis du lachst.«

Er gab Gas, hängte den Kerl ab, beruhigte sich und wählte endlich die Nummer an.

Patrick meldete sich. »Hey Julien, alles klar?«

»Alles klar …« Sowas von gelogen war das. »Wie schaut's aus, gehen wir auf ein Bier?«

»Heute? Hm, weiß nicht. Lass mich mit Abby sprechen. Nicht, dass sie was vorhat. Du weißt doch, Frauen sind da empfindlich.« Er lachte. »Ach nee, weißt du eben nicht. Na, wie auch immer, ich frag sie und meld mich bei dir, okay?«

»In dreißig Minuten bin ich in New Orleans.«

»Ah, wo warst du heute?«

»Angola.«

»Oh, na dann ... Ich tu, was ich kann.«

***

Seit der Schulzeit war Patrick Juliens bester Freund. Während des Studiums, auf das Patrick verzichtet und ein regionales College besucht hatte, war ihr Kontakt abgebrochen, doch bei seiner Rückkehr hatten sie ihn erneuert. Unter Männern war das keine besondere Herausforderung.

Heute besaß Patrick eines der GM-Autohäuser der Stadt, war mit seiner Buchhalterin verheiratet und erzog drei Mädchen. Gegen den Männerabend hatte seine Abby offenbar nichts einzuwenden gehabt, denn Patrick traf mit zufriedener Miene ein, setzte sich neben Julien an den Tresen und bestellte ein Bier beim Bartender.

»Angola, hm?« Das bedeutete so viel wie: Hey Kumpel, ich verstehe, dass du einen totalen Scheißtag hattest.

»Japp.« Er nippte am Bier, setzte es wieder ab und betrachtete seinen Kumpel. »Und bei dir so?«

Patrick zuckte mit den Schultern. »Hab heute einen neuen Chevy und drei Gebrauchte verkauft. War ein guter Tag. Gestern war Morgans dritter Geburtstag. Da war die Hütte voll, sag ich dir. Abby und ich sind nur rotiert und vor zehn total fertig ins Bett gefallen.«

»Alles Gute nachträglich für Morgan.«

»Danke. Sie ist ne Wilde.« Patrick lachte und kraulte sich den Kopf. »Mit der steht uns noch einiges bevor. Anders als bei Zoe und Jada, die Zwillinge sind Heilige gegen ihre kleine Schwester.«

Dass Patrick, der mit achtunddreißig nur ein Jahr älter war als er selbst, schon drei Kinder hatte, jagte Julien manchmal Angst ein. Ihm war dann, als hätte er etwas Wichtiges verpasst – ohne es zu vermissen allerdings. Natürlich wollte er irgendwann Kinder, aber von heute auf morgen in ein Familienleben geworfen zu werden, würde ihn voll überfordern. Trotz seiner siebenunddreißig Jahre.

»Triffst du diese Frau noch?«, fragte Patrick. »Sorry, hab ihren Namen vergessen …«

»Trish.« Die Vergesslichkeit nahm er seinem Kumpel nicht übel. Trish war keine Frau, an die eine Erinnerung lohnte, sondern lediglich ein kaum ein paar Tage währendes Trugbild.

»Ah, genau. Wie läuft's mit ihr?«

»Da lief nie wirklich was und das Wenige hat sich erledigt.«

Patrick warf ihm einen genervten Blick zu. »Echt mal, meinst du nicht, es wird langsam Zeit, sich festzulegen?«, brummelte er. »So wie du aussiehst, müsstest du freie Auswahl haben. Da ist doch bestimmt auch mal eine Vernünftige dabei. So eine wie Abby. Die würde dich ablenken von so nem Mist, wie du ihn oben in Angola erlebst, von all dem Brainfuck.«

Frauen wie Abby liefen Julien schon berufsbedingt selten über den Weg. Er traf meistens auf Verrückte – oder welche, die Probleme brachten.

»Ich habe jemanden kennengelernt«, sagte er, obwohl er sich dabei unwohl fühlte. Nur musste er mit irgendwem darüber sprechen, sonst würde er irre werden. Er selbst bekam seine Gedanken nicht sortiert.

Patrick rutschte auf seinem Hocker herum, sodass er ihm zugewandt saß. Er stützte den Arm auf die Theke und die Wange auf die Faust. »Na dann schieß mal los! Wie heißt sie denn?«

»Tara.«

»Netter Name. Was habt ihr unternommen?«

»Wir waren spazieren.«

Patrick runzelte die Stirn. »Für den Anfang nicht schlecht, aber mehr nicht? Du brauchst sicher keinen Vortrag über das ABC des Datings, oder? Essen, Kino …«

Genau da lag das Problem. Ein reguläres Date war mit Tara nicht möglich. Noch nicht. Vielleicht nie. Sehen wollte er sie aber trotzdem. Unbedingt sogar. In den Momenten, in denen der Wunsch zu stark wurde, kam er auf Ideen wie den Spaziergang und die Terrasse – und hatte nachher ein schlechtes Gewissen. Weil er sie in seine Nähe holte, nicht nur körperlich, und ihr nicht die Wahrheit sagte.

»Das ist nicht so einfach.«

»Klar ist es das. Du lädst sie ein, ihr habt eine gute Zeit …«

»Nein!« Julien hob die Hände. »Jetzt hör mir doch mal zu.«

»Tu ich, aber du sagst ja nicht viel. Woher kennst du sie denn? Was tut sie so?«

»Sie ist Dozentin für Amerikanische Literatur an der UNO. Wir haben uns im Bayou getroffen.«

In knappen Worten erzählte er Patrick von den Events im Sumpfland. Die Augen seines Freundes wurden bei jedem Wort größer.

»Was es nicht alles gibt«, ächzte er. »Und beim zweiten Mal, was ist da passiert?«

»Wir haben …« An den Details wollte er Patrick nicht teilhaben lassen. »Geredet und Pizza bestellt. Später.«

»Habt ihr diesmal gevögelt?«

»Nein.«

»Warum, verdammt, triffst du dich mit ihr zu so was, wenn ihr keinen Sex habt. Zum Quatschen und Pizza essen? Da hätte es auch ein Diner in der Stadt getan.«

Wo sie noch mehr Fragen gestellt hätte, als sie sowieso tat. Er hätte laufen sollen, laufen und sich nicht umdrehen, doch das schaffte er jetzt nicht mehr.

»Sie kennt nicht mal meinen Namen«, gab er zu. »Sie nennt mich Jay. Ich kann sie nicht normal daten, weil sie früher oder später erfahren würde, wer ich bin.«

Patrick wirkte ratlos. »Warum soll sie das nicht wissen? Du magst sie doch. Was soll der Scheiß?«

»Es ist, weil …« Der Satz wollte nicht über seine Lippen. So gut er die Sprache normalerweise beherrschte – eine Grundvoraussetzung seines Jobs – so sehr fehlte sie ihm nun.

Patrick drehte sich zur Bar und trank sein Bier. »Du benimmst dich echt seltsam«, murmelte er.

Er gab sich einen Ruck und sprach es aus: »Alexander LaLaurie ist ihr Vater.«

Patrick verschluckte sich am Bier, schluckte es mit Mühe runter und knallte sein Glas so hart auf den Tisch, dass ein paar Tropfen heraussprangen. Als er Julien wieder ansah, wirkte er völlig entgeistert.

»Vergiss es!«, ächzte er. »Vergiss es sofort! Mach noch heute einen Strich drunter. Lösch ihre Nummer, beantworte ihre Anrufe nicht, triff sie nie wieder!«

Julien schüttelte den Kopf. »Kann ich nicht.«

Patrick kniff die Lippen zusammen und bekam sie auch zum Sprechen kaum gelockert. »Wieso nicht? Wie oft habt ihr euch gesehen? Viermal?«

»Oft genug.«

»Es wird nicht funktionieren.«

Das hatte er sich selbst einige Mal gesagt, doch die Vernunft hatte ihn nicht aufhalten können. Von Patricks Reaktion enttäuscht, senkte er den Blick auf sein Bier. Mit dem Daumen wischte er das Kondenswasser vom Glas.

»Scheiße, Mann!«, hörte er Patrick plötzlich echt schlechtgelaunt murren. »Eine ganz normale

Frau, die kann doch nicht so schwer zu finden sein. Was tust du stattdessen? Angelst dir die schlimmste von allen.«

»Sie ist überhaupt nicht schlimm. Im Gegenteil. Sie ist klug, schlagfertig und hat einen herrlichen Humor. Sie ist mutig, neugierig und auf unwiderstehliche Weise tollpatschig …«

»Hör schon auf!«

»Wieso? Ich könnte noch lange weitermachen.«

»Du stellst dich blind! Was meinst du, was Alexander LaLaurie zu eurer Verbindung sagen würde? Was macht er wohl, wenn er herausfindet, dass du an seiner Tochter interessiert bist?«

Eine gehörige Portion Trotz war es, die ihn schnauben und mit den Schultern zucken ließ. »Sie ist ein großes Mädchen, das auf Daddys Rat und Wort pfeifen kann.«

»Die Frage ist, ob sie das tut.« Nach einem eindringlichen Blick drehte sich Patrick wieder zur Theke. »Ich habe einfach kein gutes Gefühl dabei.«

Dabei blieb es, und die Stimmung war ziemlich dahin. Sie bestellten noch eine Runde Bier, Patrick trank seines aus, zahlte die Runde und klopfte Julien auf den Rücken.

»Ich verschwinde nach Hause. Nimm's mir nicht übel, aber ich bin total müde, sicher noch wegen gestern.«

Julien verabschiedete ihn mit einem Handschlag. »Kein Ding. Danke fürs Zuhören.«

»Japp … Komm zu Verstand und denk drüber nach. Ach ja, und am Samstag legen Abby, die Kids und ich Hamburger auf den Grill. Wenn du Lust hast …?«

»Ich meld mich«, versprach Julien.

Weil er noch immer nicht nach Hause wollte, orderte er ein drittes Bier – und einen Whiskey dazu, wo er gerade dabei war. Der Bartender stellte ihm beides hin und begrüßte dabei einen Neuen an der Bar, der ein paar Hocker entfernt Platz genommen hatte. Julien sah nur kurz hinüber und erkannte den Cop, der Tara auf den ersten Bayou-Ausflug begleitet hatte.

»Hey Ethan, alles fit?«, fragte der Bartender. »Den Feierabendwhiskey, wie gewohnt?«

»Mach mal einen Doppelten.«

»Stressiger Tag gewesen? Was treiben unsere bösen Jungs denn so?«

»Sie treiben sich draußen rum. In, wie es scheint, ständig wachsender Anzahl.«

»Tja, ihr tut, was ihr könnt.« Der Bartender stellte Ethan den Whiskey hin und warf sich sein Handtuch über die Schulter. »Und die Frauen, was treiben die so?«

Offenbar versuchte er, den Cop auf nettere Gedanken zu bringen, was ihm zwar anzurechnen war, das Ziel aber verfehlte.

»Die treiben mich in den Wahnsinn, sonst nichts. Sind zum Vögeln gut und das war's auch.«

Im Augenwinkel sah Julien, wie Ethan den Whiskey ansetzte und einen frustrierten Schluck nahm. Er warf einen weiteren Blick hinüber, insbesondere auf die Arme und Hände des Cops. Der Typ hatte Muskeln, als würde er täglich hundert Kilo auf der Hantelstange stemmen, und seine Hände waren Pranken. Unweigerlich dachte er an Tara, an den Fleck auf ihrer Wange, und er fragte sich, wieso ein Mann mit solchen Händen es nicht schaffte, sie zu schützen? Als ein Freund? Vielleicht war er doch derjenige …

»Gibt's ein Problem?«

Die tiefe Stimme holte Julien aus seinen Gedanken.

»Ich weiß nicht. Hast du eins?«, antwortete er und spürte, wie der für die meisten abschreckende Ausdruck in sein Gesicht zog.

Ethan grübelte, dann dämmerte es ihm.

»Eisauge …« Er widmete sich seinem Whiskey für einen zweiten zu großen Schluck, stellte das Glas wieder ab und wandte sich ihm erneut zu. »Der Frauendieb.«

Das feine, sogar halbwegs amüsierte Lächeln erschien von allein auf Juliens Lippen. »Dachten Sie, die Frau gehört Ihnen oder warum werfen Sie mir vor, sie gestohlen zu haben?«

»Ich war mit ihr da, also gehörte sie mir.«

»Ich glaube, sie sieht das anders.«

Ethan leerte den Whiskey, haute das Glas auf den Tresen und bestellte einen nächsten Doppelten.

»Kumpel, für wen hältst du dich, dass du hier die dicke Lippe riskierst?«

»Nicht für deinen Kumpel.«

»Hast du eine Ahnung, mit wem du es zu tun hast?«

Nachdem sogar eine Augenbraue nach oben gewandert war, spiegelte Juliens Miene die blanke Herablassung. Zurecht, wie er fand, denn die schwerfällige Sprache des Typen ließ vermuten, dass er bereits auf dem Weg in die Bar, vielleicht noch im Dienstwagen, Whiskey gesoffen hatte. Wieso auch nicht? Wer verbot es ihm?

Der Bartender schob Ethan den Drink hin, kam dann zu Julien und murmelte etwas, von wegen Polizist und vorsichtig sein.

Scheißegal!

»Ich hab keine Ahnung. Genau genommen interessiert es mich auch nicht.«

»Ich hab dich im Auge, Kumpel …«

»Hätten Sie mal lieber Tara im Auge gehabt.«

Der Typ bezog die Aussage nicht auf ihre Verletzung – wahrscheinlich wusste er nicht einmal davon –, sondern auf die versemmelte Jagd, auf sein eigenes so empfundenes Versagen also, und er explodierte geradezu von seinem Hocker. Mit hochrotem Gesicht stürmte er herüber.

Julien stand auf, wappnete sich. Er würde nicht mit Fäusten kämpfen, denn da war er zumindest diesem Mann unterlegen. Er würde sich, wie so gern, seiner Worte bedienen.

»Was ist los, Chief? Sie wollen nicht wirklich eine Prügelei anfangen?« Er griff sich sein Bier, trank noch einen Schluck, stellte es zurück und

warf dem Bartender eine Dollarnote auf den Tresen. Im Gehen sagte er: »Und schön dran denken,
ich hab Sie ebenfalls im Auge.«

KAPITEL 10

In mancher Beziehung hielt sich Tara für altmo-
disch, zum Beispiel wenn es um die Kommunika-
tion mit einem Mann ging, den Frau erst wenige
Male getroffen hatte. Jay war sich sicher gewesen,
dass es mit ihnen beiden weiterging, doch nun
schwieg er. Am Mittwoch war Tara über ihren
Schatten gesprungen und hatte ihm eine Nachricht gesendet, verleitet von der Überzeugung,
dass er auf eine Regung von ihr wartete, doch
seine Antwort war ausgeblieben. Am Mittwoch.
Am Donnerstag. Und der Freitag war bereits zur
Hälfte um.

Inzwischen kam sie sich dumm vor. Und
schlechte Laune hatte sie außerdem. Die resultier-
te nicht nur aus dem Schweigen, sondern vielmehr aus der Tatsache, dass sie wegen eines
Mannes schlechte Laune hatte. Noch dazu be-
fassten sich die Vorlesungen der Woche mit
staubtrockenen Themen, und die Studenten aller

Semester schliefen ihr der Reihe nach weg. Während die einen die Natur der Amerikanischen Renaissance schlichtweg ermüdend fanden, gähnten die anderen über William Byrds *Geheimes Tagebuch*, dessen Titel tatsächlich spektakulärer klang als sein Inhalt war.

Während einer lahmen Diskussion um Byrds Einstellung zum Sklavenbesitz leuchtete das Display von Taras Handy auf und zeigte eine Nachricht an. Das Gerät lag auf dem Pult, halb versteckt unter Papieren und war, wie immer in den Vorlesungen, auf lautlos geschalten. In einem kurzen inneren Monolog ermahnte sie sich, ihre Neugier zu zügeln und später nachzuschauen, konnte jedoch nicht widerstehen und warf einen Blick darauf.

Lass es nicht Kat sein!, bat sie im Stillen, *und auch nicht Ethan und schon gar nicht irgendwen anders! Lass es ihn sein! Bitte! Endlich!*

Ihr Herz machte einen Satz, als sie den Namen des Versenders las.

›Hallo Tara, entschuldige mein Schweigen. Ich hatte eine üble Woche‹, schrieb Jay. ›Was machst du heute Abend?‹

Sie ließ das Handy wieder unter den Papieren verschwinden, griff in die Diskussion ein und konnte das Ende der Vorlesung kaum abwarten.

›Ich gehe was trinken‹, antwortete sie, sobald sie in ihrem Büro war.

›In Begleitung?‹, fragte er.

›Zu einer Freundin, die in einer Bar arbeitet.‹

145

Zwar war das ein spontaner Beschluss, denn bis eben hatte sie sich zu Hause vor dem Fernseher gesehen, doch Kat würde sich freuen. Ohnehin hatte sie sich bereits beschwert, noch kein Update bekommen zu haben.

›Okay, ich würde dich später sehr gern dort abholen und auf einen Nachtspaziergang entführen.‹

Sie fragte nicht, wo oder wann oder wie, sondern sendete ihm die Adresse des Missi Spirits und schickte einen Smiley hinterher.

***

Die Bar war voll, wie an jedem Freitagabend. Musik und Stimmengewirr erfüllten den Raum. Viele Studenten waren hier, um sich für die Clubs, in die sie später gehen würden, warmzutrinken. Kat und John rotierten hinter der Bar, zwei Aushilfen kümmerten sich um die Tische.

Tara setzte sich auf einen gerade frei gewordenen Hocker an der Theke und sah Kat zu, die mit der Cocktailzubereitung beschäftigt war. Sie wirkte gestresst, ihr Lächeln war steif, und anders als sonst kam kein lockerer Spruch über ihre Lippen. Als sie Tara entdeckte versprach sie per Handzeichen, gleich da zu sein, bereitete weitere Drinks und Taras Gin Tonic zu, dann kam sie herüber.

»Hey, du siehst toll aus.« Sie beugte sich über den Tresen, um Tara mit Küsschen auf beide Wangen zu begrüßen.

»Danke. Alles klar bei dir?«

»Passt schon.« Kat winkte ab und musterte Tara eingehender. »Du trägst Make-up? Und die Bluse ist neu, oder? Schick! Hast du noch was vor, mit dem Mann, der vielleicht Jay heißt?«

Tara hatte tatsächlich Make-up aufgetragen, nicht viel, denn sie mochte nicht wie in den Schminktopf gefallen aussehen, und die Tunika hatte sie vorhin schnell gekauft. Ausnahmsweise war die nicht schwarz, sondern dunkelblau – perfekt zur Kette passend. Nach einem Disput mit dem Kleiderschrank hatte sie sich für eine der wenigen Bluejeans und rote Pumps aus Veloursleder entschieden. Ein krasser Kontrast, der ihre heutige Lust auf Akzente stillte.

»Gut beobachtet«, antwortete sie Kat. »Und ja, Jay kommt nachher.«

»Da bin ich gespannt. Ich denke, der Laden beruhigt sich bis dahin.« Sie wandte sich zu John um, der ihr zurief, dass es ein schlechter Moment für Schwätzchen war. »Gewisse Leute tun das hoffentlich auch!«, fügte sie an und ging, um neue Gäste nach ihren Wünschen zu fragen.

Tara fiel auf, dass Kat und John einen Bogen umeinander machten, wobei sie einige Male doch ineinander rannten, sich giftige Blicke zuwarfen und vermutlich nicht so nette Dinge flüsterten.

»Was ist mit John los?«, fragte sie die Freundin, als die eine ganze Weile später wieder zu ihr kam und sich die vor Anstrengung roten Wangen mit den Händen kühlte.

»Frag ihn doch selbst!«

147

»Lieber nicht.«

»Der Arsch flirtet hier mit zwanzig Jahre Jüngeren, bezeichnet das als Kundenpflege und regt sich auf, weil mich das aufregt. Wie soll ich schon darauf reagieren? Ihm zu seiner so individuell auf den Gast abgestimmten Geschäftspolitik gratulieren?«

Tara versuchte, sich sowohl in ihre Freundin, als auch in John hineinzuversetzen. Er war ein interessanter Mann, der angeflirtet wurde, und sich kühle Abfuhren nicht erlauben konnte. Tara konnte sich vorstellen, dass er den einen oder anderen Talk hatte, dabei aber nichts anbrennen ließ und nicht weitergehen würde.

»Mich würde es ärgern und eifersüchtig machen«, antwortete sie. »Allerdings würde ich versuchen, cool zu bleiben, weil ich meinen Mann kenne und ihm vertraue. Vielleicht würde ich männliche Gäste genauso höflich behandeln und schauen, wie er darauf reagiert.«

Kats Schnauben verriet, dass sie auf eine andere Antwort gehofft, sich Ähnliches aber selbst gesagt hatte. Sie dampfte ab und kümmerte sich um eine Gruppe potenzieller John-Flirts, die einen Nachschub Tequila wollten. Mit ihren leeren Gläsern klopften sie auf den Tresen, dies im Rhythmus des aktuell spielenden Songs von den Kings of Leon. Zwei von ihnen forderten mehr Lautstärke von John, damit sie und plötzlich alle Anwesenden die Arme in die Luft reißen und den Chorus zu *Sex on Fire* mitbrüllen konnten. Aus lediglich zwei Zeilen bestand der, doch die besaßen eine enorme Wirkung.

Als jemand an Taras Ohr sang, sprang sie vor Schreck vom Stuhl, fuhr herum.

Wassertropfen saßen in seinen dunklen Haaren und Wimpern, rannen über sein Gesicht und seinen Hals. Etwas in ihr platzte, und ohne nachzudenken legte sie die Hände an seine Wangen.

»Du bist ja pitschnass!«, rief sie und lachte.

Wie Eiskristalle in der Sonne funkelten seine Augen, als er ebenfalls lachte und ihre Handgelenke umfasste, um ihre Hände noch einen Moment bei sich zu halten.

»Draußen schüttet es wie aus Eimern.«

»Oh!« Mehr brachte sie nicht heraus.

Unter ihrer Kopfhaut prickelte das, was ihr Sprachzentrum und andere Funktionen lähmte. Wie ein Strom rauschte das Kribbeln in ihren Nacken und über ihre Schultern in ihre Brust. Sie fröstelte und zog die Hände zurück, tastete nach dem Hocker und setzte sich wieder.

»Hier ist ja die Hölle los«, rief er über den Lärm hinweg, schaute sich in der Bar um und zupfte am durchnässten Shirt, das an seiner Haut klebte. »Ich bin kaum zu dir durchgekommen.«

»Ich dachte nicht, dass es so voll wird. Der Regen hält sie wohl alle drinnen. Was trinkst du? Ich kann das schnell bestellen.«

Mit einem Blick auf ihren Longdrink beugte er sich zu ihr, um nicht so schreien zu müssen. »Ist das ein Gin Tonic? Dann nehm ich das …« Er unterbrach sich mitten im Wort und ließ seinen Wunsch jemanden hinter der Bar wissen.

Kat! Es konnte nur Kat sein, die von der Neugier hergetrieben worden war. Als Tara sich umdrehte und das Schmunzeln ihrer Freundin sah, wusste sie Bescheid. Zumindest die optische Prüfung hatte der Mann, der vielleicht Jay hieß, bestanden. Auf Anhieb. Keine Überraschung war das.

∗∗∗

Im Missi Spirits wurde es weder leiser noch leerer, also ließen sie ihre Gin Tonics stehen und schlängelten sich zum Ausgang durch. Der Regen hatte nicht nachgelassen, und auf den wenigen Metern über den Gehweg zu seinem Auto weichten sie durch wie unter einer Dusche. Prustend saßen sie nebeneinander im Auto und wischten sich über die nassen Gesichter, da fiel Jay mit dem Blick durch die Windschutzscheibe etwas ein. Er bat Tara, zu warten, stieg wieder aus und überquerte die Straße, die im Licht der Laternen wie ein schwarzer Fluss schimmerte. Auf der anderen Seite befanden sich Shops. Tara beobachtete, wie er in einem verschwand, mit einem Schirm wieder herauskam, und zu einem nicht weit entfernten Café spurtete. Fünf Minuten später war er auf dem Rückweg. Unter dem jetzt aufgespannten, gigantisch großen, schwarzen Regenschirm mit aufgesetzten Teufelshörnern balancierte er zwei Kaffee in Pappbechern und grinste ihr verschmitzt entgegen. Am Auto angelangt, reichte er ihr die heißen Getränke, spannte den Schirm zu, warf ihn in den Kofferraum und ließ sich prustend hinter das Lenkrad fallen.

Tara warf einen kritischen Blick durch die Scheibe. »Sicher, dass der Spaziergang so eine gute Idee ist?«

Er startete den Wagen und fuhr los. »Naja …« Er grübelte. Scheinbar aber nicht über seine Idee, sondern über Argumente, die trotz Regen dafür sprachen. Er fand eins: »Es ist ja nicht kalt.«

Tara sah ihn an. »Bloß nass, aber wir haben jetzt ja einen Schirm.«

»Einen besonders großen Schirm.«

»Genau. Wenn wir wollen, können wir sogar ein ganzes Footballteam darunter einladen.«

»Wollen wir aber nicht«, schloss er mit einem Zwinkern und ordnete sich auf der Fahrspur ein, die zur Crescent Bridge führte.

Wenig später düsten sie über die rechte Seite der vier Kilometer langen Zwillingsbrücke. Julien öffnete beide Fenster und stellte die Musik leise, weil der Fahrsound auf der Brücke ein Besonderer war. Die Reifen summten dunkler als auf einer normalen Straße und der Motor hatte mehr Freiraum Luft zum Entfalten seines Klangs. Tara legte den Kopf auf die Schulter, um die Lichter der Stahlkonstruktion sehen zu können. Sie atmete ein, als sie die Mitte der Brücke erreichten und der Geruchsmix aus Flusswasser und heißer Luft am intensivsten war.

Auf einem Parkplatz am anderen Ende der Brücke ließen sie den Wagen stehen. Sie nahmen den Kaffee und spazierten unter dem Schirm auf dem River Trail in Richtung Algiers Point. Die Brücke thronte hinter ihnen, spannte ihre vor dem Nachthimmel strahlenden Arme über den Mississippi. Am anderen Ufer leuchteten der Business District und ein Dampfschiff, das am Steg des Woldenberg Parks anlegte. Der Regen hatte nachgelassen und tröpfelte nur noch statt zu prasseln, doch er hielt andere fern. Weit und breit war kein Mensch zu sehen.

Tara genoss Julien Nähe so sehr, und sie liebte seinen Duft, die Blicke, die er ihr zuwarf, und wie er dabei lächelte. Wenn sie sprachen, benutzte sie den Namen Jay so häufig, dass er das nur als Wink mit dem Zaunpfahl verstehen konnte, doch er ging nicht darauf ein und sie wurde immer ungeduldiger. Sie war es leid, ihn Jay zu nennen.

»Findest du es allmählich nicht albern?«, fragte sie als sie auf Höhe eines Containerhafens gelangten. »Wie lange willst du noch ein Geheimnis aus dir und deinem Leben machen?«

Er trank einen Schluck Kaffee und ließ sich Zeit für seine Antwort. »Ich erzähl dir bald alles von mir, versprochen«, sagte er nach einer Weile, ohne Tara anzusehen.

»Wieso nicht jetzt?«

»Es ist nicht so einfach.«

»Doch. Es ist absolut simpel.« Sie leerte ihren Becher und feuerte ihn in einen Abfallbehälter.

»Viel einfacher vor allem, als diese Geheimniskrämerei. Das muss doch voll anstrengend sein, und ich verstehe es nicht.

»Schhh!« Er legte einen Finger über den Mund, blieb stehen und lauschte.

Tara erschrak ein wenig. Sie suchte mehr Nähe zu ihm, starrte zu den Containern und fröstelte, als sie ein schwaches Licht entdeckte. Es erhellte das Dunkel über einigen Containern und schien aus einem Zwischenraum zu kommen. Gleich darauf hörte sie ein Schnalzen, wie von Leder auf Haut.

»Was zum Teufel …?«, murmelte sie.

»Wagen wir einen Blick oder suchen wir das Weite?«, fragte er und trank seinen Kaffee ebenfalls aus. Nachdem er den Becher entsorgte hatte, betrachtete er sie abwartend. Sein Schmunzeln war wie eine stumme Frage: Bist du tatsächlich so mutig und neugierig.

Tara war beides und nickte in Richtung des Lichtscheins. »Lass uns nachsehen.«

Er schloss den Schirm, hängte ihn an den Abfallbehälter und nahm Taras Hand. Sie verließen den Weg und schlichen durch welkes Gras zu den Containern. Hinter der ersten Reihe war es noch dunkel, aber die Peitschenhiebe erklangen immer lauter, und gedämpfte Schreie vernahmen sie nun auch. Tara wollte nicht zeigen, wie aufgeregt sie war, doch sie schloss ihre Hand unweigerlich fester um seine und blieb auch ein bisschen hinter ihm. Der nahe Lichtschein verriet, dass sich der wie auch immer geartete Akt zwischen der zweiten und dritten Containerreihe abspielen musste.

Im Schatten eines Containers blieben sie stehen und spähten um die Ecke. Zuerst sah Tara die Kameras, dann die Lichtkegel. Einer fiel auf einen blassen Rotschopf. Sie war nackt, in ihrem Mund steckte ein Strapball, ihr Körper stand unter Vollspannung. Dies vor allem wegen der Seile, die ihre Hand- und Fußgelenke umschlangen und durch Ösen an der Ober- und Unterkante eines Containers so straff angezogen waren, dass ihre Arme über dem Kopf gestreckt und ihre Beine gespreizt waren. Eine blonde Frau in einem spießig anmutenden Business-Outfit schwang die Peitsche, wann immer es ihr beliebte. Mal ließ sie sich Zeit für jeden Hieb auf Brüste, Seiten und Bauch, mal erfolgten ihre Schläge so kurz aufeinander, dass die Gefesselte zitterte. In Jeans und Muskelshirts gekleidete Männer, die wohl später in Aktion treten würden, standen rund herum.

»Ein Pornodreh«, wisperte Tara und hob die Hand vor den Mund. Sie sah ihn kurz an. »Wusstest du hiervon?«

Er schüttelte den Kopf und zog sie vor sich, damit sie besser versteckt war. Tara hielt den Atem an, weil ihr Körper auf seine Nähe und Wärme reagierte – auf die Geräusche auch. Der Klang der Peitsche besaß nun Schärfe, und ließ sie jedes Mal blinzeln. Er schlang den Arm um sie und schmiegte sein Kinn an ihre Schläfe, als die Blonde die Peitsche beiseite warf und etwas nahm, das wie ein Vibrator aussah. Ohne ein Wort presste sie das Ding auf die Spalte der Rothaarigen und schaltete es ein. Mit dem leise ertönenden Summen stöhnte die Frau auf und spannte alle Muskeln an, ihr Becken begann zu vibrieren. Unter den verbalen Bekräftigungen der dabeistehenden Männer hielt die Blonde den Vibrator auf den Kitzler, verteilte Klapse auf die Oberschenkel und entfernte den Strapball, sodass die den Orgasmus begleiteten Schreie durch die Nacht klingen konnten. Der Rotschopf hatte sich noch nicht erholt, da schlang die Blonde ein weiteres Seil um ihre Hüfte, zog einen Strang zwischen den Beinen durch und ließ ihn zwischen die Schamlippen rutschen. Dann spannte sie das Seil und lachte, weil ihr Opfer ächzte, zuckte und an den Fesseln zog. Das derbe Material reizte die noch empfindliche Klit so sehr, dass die Frau die Augen zusammenkniff, die Lippen aufeinander presste und um Luft rang. Was zuerst wie der Höhepunkt der Tortur anmutete, erfüllte seinen Zweck: Die Lust kehrte zurück, offenbar auf ein Maximum gesteigert, denn sie flehte darum, ein weiteres Mal kommen zu dürfen.

Ein Mann mischte sich ein. Er entfernte das Seil von der Hüfte, befreite die Hände und Füße von den Fesseln und trug die Frau zu einer hüfthohen Metallbank, deren Form und Material so unbequem und kühl aussahen, dass Tara schauderte. Allerdings nicht nur deshalb und auch nicht zum ersten Mal, seit sie hier war. Sie spürte den Atem ihres Begleiters in ihrem Nacken und befürchtete, ihm die Klamotten vom Leib reißen zu müssen, wenn sie sich jetzt umdrehte – ein nur Sekunden dauernder eisgrauer Blick von ihm genügte, um das in Gang zu setzen. Schon der Gedanke ließ sie die Muskeln in Becken und Po anspannen, doch das Zwicken zwischen ihren Schenkeln war so heftig und der Steg ihres Höschen inzwischen so feucht, dass es nichts brachte.

Sie hielt die Luft an, als ein Mann die Beine des Rotschopfes öffnete, um sich selbst und den meisten Zuschauern den perfekten Ausblick zu gewähren. Sein praller Schwanz schaute bereits aus der Hose und wurde jetzt ein paar Mal durch die vor Lust nasse Spalte gerieben. Die Frau verlangte mehr und bekam den Schaft eines anderen in den Mund geschoben, als ein dritter Mann, der bisher unbeteiligt gewirkt hatte, ausgezogen und zu ihr hingedrängt wurde.

Die plötzlich ertönende Stimme klang zuerst befremdlich, doch die Frage, die gestellt wurde, sorgte für eine rasche Gewöhnung.

»Weißt du noch, was Frauen gefällt?«, erkundigte sich der Mann, der den Rotschopf hingelegt hatte, während er dem Nackten die Hände auf dem Rücken zusammenband.

Der ging auf die Knie. »Natürlich.«

»Dann sieh zu, dass es auch ihr gefällt. Je eher sie kommt, desto besser für dich.«

Der Nackte presste seinen Mund auf die wartende Pussy der Frau und begann, sie zu lecken.

Sie keuchte gegen den in ihrem Mund steckenden Schaft. Ihre Finger umklammerten die Kanten der Bank, als die Zunge tiefer in sie tauchte. Angespornt wurde der Mann von dem Druck der Eichel an seinem Hintern.

»Je eher sie kommt, desto besser für dich«, wiederholte der Typ hinter ihm und trieb ihm seine Erektion zwischen die Pobacken.

Der Mann ballte die gefesselten Hände zu Fäusten und stöhnte, leckte die Frau aber weiter.

Tara ließ die Luft aus ihrer Lunge. In ihren Gedanken dirigierte sie Jay – wie auch immer sein Name war, spielte jetzt gerade keine Rolle – zurück zum Weg und bis zum Flussufer, um ihn dort ins Gras zu schubsen und ihnen beiden die Seele aus dem Leib zu vögeln … endlich! Da ging ein Ruck durch ihn. Tara wandte den Kopf und sah, dass er zurückblickte, abermals einen Finger über den Mund legte. Er hörte irgendwas. Als er jetzt ihre Hand nahm und mit ihr zurückeilte, donnerte ihr Herz leise panisch in ihrer Brust. Bei der ersten Containerreihe angelangt linsten sie in Richtung Brücke, in deren Schein Tara ein Auto entdeckte, dass sich ohne Licht näherte.

»Cops«, flüsterte er.

»Mist!«, gab sie ihm gleichen Ton zurück.

»Ganz ruhig. Kein Problem.« Ohne Eile führte er Tara zum Weg, nahm den Schirm vom Mülleimer, ließ ihn aufschnappen, legte den Arm um sie und schlug ein seelenruhiges Spaziertempo ein. Als hinter ihnen Blaulicht aufflackerte, stockte Taras Atem. Sie wandten sich um und beobachteten, wie die Cops dieser und einer zweiten Streife zwischen die Container rannten.

»Lass uns zurückgehen«, sagte er, sobald der Weg leer war. »Hier wimmelt es gleich vor Cops und Leuten in Handschellen. Ich bring dich nach Hause.«

Trotz des Schrecks verspürte Tara noch Lust. In heißen Wellen vibrierte sie in ihrem Unterleib. *Ich bring dich nach Hause*, klang bedauerlicherweise nicht nach einer zweisamen Nacht. Nicht nach wilden Küssen, hemmungslosem Sex, dem Stillen des nicht erst seit heute aufgestauten Verlangens. Nicht nach dem, was zwei erwachsene Menschen, die sich anziehend fanden, taten. Das klang nach *You and your hand tonight!*

Wie er es gewünscht hatte, machten sie kehrt. Tara versuchte sich zu einer vernünftigen Reaktion zu überreden, doch was sie dachte, platzte aus ihr heraus: »Was willst du eigentlich von mir?«

Er wirkte irritiert. Seine Augen schimmerten dunkler als sonst. »Wieso fragst du das?«

»Ich wundere mich ganz einfach. Momentan im Übrigen, weil ich mich frage, warum wir nach so einer Sache heimspazieren wie nach einer verdammten Komödie im Kino.«

Seine Unsicherheit verflog so schnell, wie sie gekommen war. Tatsächlich wagte er es, zu schmunzeln. Eine andere Reaktion gab es allerdings nicht, und Taras Ärger wuchs. Sie beschleunigte ihren Schritt, beeilte sich unter dem

Schirm vorzukommen, denn seine Nähe erschien ihr jetzt falsch. Um ihn weiter ansehen zu können, drehte sie sich um und ging rückwärts. Ihre Stimme bebte.

»Ich bin nicht blind, weißt du, und ich habe die Angewohnheit, auf hin und wieder auf meine Vernunft zu hören. Die rät mir gerade, das Weite zu suchen, denn mit dir stimmt was nicht.«

»Was soll nicht stimmen?«

»Das fragst du noch?! Ständig willst du Zeit mit mir verbringen und suchst meine Nähe, lässt aber keine wirkliche Nähe zu. Auch keine körperliche. Sex willst du also nicht.«

»Du hast keine Ahnung …«, knurrte er, doch sie ließ ihn nicht zu Ende sprechen.

»Ein ganz normales Date, aus dem zwei oder drei oder eine Beziehung werden könnte, was nicht abwegig wäre für zwei wie uns, bei denen sogar ein Tauber das Knistern hört, das willst du auch nicht. Warum nicht? Müsstest du zu viel von dir erzählen? Mir zumindest zu allererst deinen Namen verraten? Warum darf ich den nicht wissen? Glaubst du, dich damit interessanter zu machen?« Tara schnaubte und schüttelte den Kopf.

»Weit gefehlt!« Sie drehte sich zurück und ging noch schneller. »Du machst dich nur lächerlich. Und jetzt nehm ich mir ein Taxi, lasse mich zum nächsten Pornostore bringen und kauf mir so ein Teil, du weißt schon, so eins was summt und einem offenbar tolle Orgasmen beschert.«

Was er ihr nachrief, ließ sie stocken: »Sag mir, wer dich geschlagen hat, dann sag ich dir meinen Namen«

Sie wirbelte herum. »Was spielt es für eine Rolle?«

»Es spielt eine Rolle. Diesem Cop, Ethan oder wie er heißt, dem bin ich neulich in einer Bar begegnet. Ich hab ihn vor lauter Wut über den Gedanken, dass er es war, so provoziert, dass er mich beinahe verprügelt hätte.«

»Du hast was getan?«

»Den Cop provoziert.« Er kam näher und blieb so dicht vor ihr stehen, dass er die Funken in ihren Augen sehen musste. »Beim nächsten Mal mache ich's wieder.«

»Es war nicht Ethan, verdammt. Es war mein Bruder. Zufrieden, das zu hören? Gleich noch zur Erklärung: Meine Familie ist eine Katastrophe, aber ich kann sie mir leider nicht aussuchen. Meinen Mann hingegen, den kann ich wählen, und ich werde den Teufel tun und mich mit einem Typen abgeben, der ebenfalls eine Katastrophe ist.«

Als sie die Tränen spürte, blinzelte sie sie weg. Sie sah zur Seite und wollte endgültig verschwinden.

»Mein Name ist Julien«, sagte er. Dies mit so warmer Stimme, dass sie nicht anders konnte. Sie musste ihn erneut ansehen. Der jetzt in seinen Augen ruhende Ausdruck ließ sie frösteln, weil er ihr damit sagte, dass sie sich nicht getäuscht hatte.

Er empfand für sie, und ihr Geständnis schien ihn schockiert zu haben.

»Okay, Julien …«, presste sie zwischen den Lippen durch. »Ich fahr nach Hause. Ich bin echt total müde. Meld dich, wenn du weißt, was du willst.«

Völlig überraschend gab er ihr einen Kuss. Nicht auf die Wange, wie zum Trost. Nicht auf den Mund, wie zur Versöhnung. Auf die Stirn, wie um zu sagen: Ich beschütze dich!

KAPITEL 11

Welchen Grund für die Absage eines Essens bei den Eltern hatte man schon als Single an einem Sonntag?

Tara saß am Küchentisch, pustete in ihren Kaffee und beobachtete den unermüdlichen Sekundenzeiger der Wanduhr. In knapp zwei Stunden war es elf, und dann hatte sie geschniegelt am Tisch ihrer Eltern zu sitzen. Für den Familienbrunch, der bei den LaLauries an je einem Sonntag jeder Jahreszeit stattfand, betrieb Savannah immer einen immensen Aufwand, obwohl nur sie und Ben kamen. Die arme Neneh schuftete wahrscheinlich seit gestern Vormittag.

Allein Ben war Grund genug, dem Theater fernzubleiben, doch zu sagen, dass sie wegen ihm auf den Brunch verzichtete, kam nicht infrage. Ihre Eltern wussten nichts von seinen Handgreiflichkeiten, und wüssten sie davon, würden sie es nicht glauben wollen.

»Ich kann nicht kommen«, murmelte sie vor sich hin. »Ich wurde von Aliens in einem UFO entführt.«

Das war eine zu wilde Entschuldigung. Weder ihr Vater noch Savannah hatten einen Sinn für Humor. Tara nippte am Kaffee, beobachtete den Sekundenzeiger weiter.

»Drei Häuser weiter ist ein Tiger ausgebrochen. Die Polizei hat alles abgesperrt und niemand darf auf die Straße.«

Wahrscheinlich würden sie Ethan anrufen und fragen, wann der Tiger eingefangen wird, damit sie vollzählig brunchen können.

»Ich habe hier einen Wasserrohrbruch …«

Tara seufzte, nahm das Telefon und wählte die Nummer ihrer Eltern an. Neneh meldete sich und gab das Telefon an Savannah weiter.

»Ja, Liebes, was gibt es denn?«, flötete ihre Nicht-Mutter.

»Ähm, Savannah, ich hab hier einen Stapel Essays vor mir liegen, die ich durchsehen muss. Bin gestern einfach nicht dazu gekommen …«

Savannahs Tonfall schlug sofort um. »Du willst doch nicht absagen?«

»Tut mir wirklich leid, aber ich schaffe es einfach nicht.« Das war absolut wahr. Sie schaffte es nicht, sich den verlogenen Scheiß anzutun.

»Dein Bruder hat eben schon angerufen. Er ist krank und kann *wirklich* nicht.«

Tara ahnte, an welcher Krankheit Ben an einem Sonntagmorgen litt.

»Hast du eine Vorstellung, welche Arbeit ich mir gemacht habe? Wer soll das nun essen? Dein Vater und ich würden eine Woche daran sitzen.«

Es war sowieso immer viel zu viel. Das wenige, das Tara verdrückte, schmälerte die Masse an Essen kaum, doch sie verzichtete auf dieses Argument. Auch die Vorwürfe, die gleich folgen würden, da Savannah sich in Fahrt redete, wollte sie sich ersparen und lenkte ein. Wenn Ben nicht kam, würde sie sich überwinden.

»Okay, ich bin um elf da.«

»Ach? Und wieso schaffst du es auf einmal?«

Tara knirschte mit den Zähnen. »Ich nehme mir die Zeit jetzt und arbeite heute Abend.«

Savannah wollte noch etwas sagen, doch Tara würgte sie mit einem »Bis gleich« ab. Verärgert ließ sie das Telefon über den Tisch schlittern, stand auf, schüttete den Rest Kaffee aus und ging ins Bad, um sich brunch-fein zu machen.

Mit einer Verspätung von nur fünf Minuten saß sie tatsächlich am Tisch ihrer Eltern. Da Savannah beim Familien-Brunch immer besonderen Wert auf positive Stimmung legte, tat sie so, als hätte es die Diskussion am Telefon nie gegeben und forderte Tara fortwährend auf, für zwei zu essen, weil Ben ja fehlte. Lachsröllchen, gefüllte Avocado, Frischkäsebällchen, Mini-Croissants, Omelette mit Wildpilzen und Trüffeln, tausend Sorten Obst … Tara lud sich nur Happen auf den Teller, doch sie fühlte sich bald wie eine Schwangere.

»Nimm von den Shrimps«, sagte Savannah und schob ihr die Schüssel hin.

Shrimps! Taras Gedanken flogen zu dem Mann, der nicht Jay, sondern Julien hieß. Sie dachte an ihren Spaziergang und die Shrimp-Sandwiches aus dem Diner. Sie erinnerte sich an den Himmel im Park, unter dem sie gelegen hatten und an das so gute, so warme Gefühl in ihrer Brust, als er ihre Hand genommen hatte. Jetzt piekten dort winzige Nadeln, nicht schmerzhaft, aber unangenehm. In mancher Sekunde hatte sie das Gefühl, Julien mit ihren Worten Unrecht getan zu haben, in anderen war sie traurig, weil er sich als eine Illusion entpuppt hatte.

Savannahs Frage holte sie aus ihren Gedanken: »Wie ist es denn gerade an der Uni?«

Tara antwortete nicht sofort, sondern beobachtete ihren Vater, der aufstand und sich an der Minibar einen Drink einschenkte. Am Fenster stehend, mit dem Rücken zum Tisch trank er — eine unmissverständliche Geste. Er hatte ihren Job nicht befürwortet, und deshalb interessierten ihn weder Erfolge noch Misserfolge. Überhaupt war er die ganze Zeit schweigsam, schließlich war der einzige Gesprächspartner, mit dem er heute etwas hätte anfangen können, abwesend.

Tara riss sich zusammen, blendete ihren Vater aus und wollte von einer Thematik erzählen, die sie in der kommenden Woche für Studenten des fünften Semesters behandeln würde, doch Savannah unterbrach sie.

»Ach, da fällt mir gerade ein ... Weißt du, was Ben neulich getan hat?«

Tara hätte die Frage am liebsten zurückgegeben. Stattdessen stützte sie die Ellbogen auf den Tisch, den Kopf in die Handflächen und sah Savannah abwartend an, wahnsinnig gespannt auf die neuen Heldentaten ihres Bruders.

»Er kam tatsächlich vorbei, um mir diese Peanutbutter Cups von Southern Candymakers zu bringen, die ich so liebe.« Savannah lachte und winkte ab. »Die Dinger setzen sich mir zwar direkt auf die Hüfte, aber sie sind so lecker.«

»Wie nett!«, antwortete Tara und versuchte, ihre Miene glatt zu halten. Ihre Augenbraue wollte unbedingt nach oben.

»Ist er nicht ein Schatz?« Das bedeutete in etwa: Du hast mir nie Schokolade mitgebracht.

»Ja, ein Schatz in Geldnot, der weiß, wie er seine Mutter um den Finger wickelt.« Ups! Wie kam das denn über ihre Lippen?

Savannahs Lächeln gefror. »Was bist du nur für eine scharfzüngige Frau? Kein Wunder, dass uns Ethan heute keine Gesellschaft leisten wollte. Männer mögen so etwas nicht, weißt du?«

»Möglich, aber ich sag, was ich denke. Davon abgesehen hat Ethan andere Gründe, auf Distanz zu bleiben. Aber nett, dass du ihn einlädst, ohne mir Bescheid zu geben! Was dachtest du, wird das hier? Eine Kuppelshow?«

Savannah wirkte immer steifer. »Die Einladung an Ethan war nur gut gemeint. Ich wollte die Wogen glätten, die du am Geburtstag deines Vater aufgeschäumt hast.«

Natürlich. Wie immer war sie verantwortlich. Sie wollte aufstehen, doch Savannahs süßliche Stimme ließ sie innehalten.

»Ich nehme an, Ethan hat denselben Fehler wie Andrew gemacht. Sollte dir das nicht zu denken geben? Fragst du dich nicht, wieso deine Männer in den Armen anderer Frauen landen?« Savannah setzte sich gerader hin, um von möglichst weit oben auf Tara hinabzuschauen. »Hätte ich mich so gegenüber deinem Vater verhalten, wäre er längst über alle Berge.«

Tara biss sich auf die Unterlippe, denn auf die Vorwürfe wollte sie nicht mit Vorwürfen reagieren oder sich gar rechtfertigen. Fakt war, dass ihr Vater alle Freiheiten ausgenutzt hatte. Viel zu sehr hatte Savannah den durch seinen Richter-Job ermöglichten Luxus genossen.

»Ich wollte dir eine Möglichkeit geben, Ethan milde zu stimmen«, sagte sie nun, da platzte Tara der Kragen.

»Das will ich nicht! Selbst auf die Gefahr hin, dich und Dad zu enttäuschen, schon wieder, wo ihr mir Ethan so wohlbedacht als Heiratskandidaten präsentiert habt, nachdem es sich mit Andrew erledigt hatte.«

Beim Gedanken an diesen Mistkerl wurde sie noch wütender. Dieser Schnösel von Bankfilialleiter wusste zu gut, wie er attraktive Frauen vom Sinn einer Investition in Aktienfonds überzeugte.

Savannah verlor die Fassung. Sie knallte ihre Serviette auf den Teller, kniff die Augen zusammen. Früher wäre sie herumgekommen, um Tara für ihr Widerwort zu ohrfeigen und sie zur Strafe für den Rest des Tages auf ihr Zimmer zu schicken.

»Du hättest Andrew verzeihen sollen«, giftete sie, »aber du hast ihn vergrault, mit deiner …« Ihr Gesicht verzog sich vor Abscheu »… mit deiner widerwärtigen, überheblichen Art. Das gleiche passiert nun bei Ethan. Wärst du nur halb so besonnen wie dein Bruder.«

»Ben? Besonnen? Wie blind bist du überhaupt?« Tara schob den Stuhl zurück, dies mit so viel Schwung, dass er beinahe umkippte. Sie stand auf, schaffte es aber nicht, zu gehen. »Bitte erspar mir den Familienbrunch in Zukunft.« Sie warf einen Blick zu ihrem Vater, der noch aus dem Fenster sah. »Er legt sowieso keinen Wert darauf, dass ich da bin, und ich ertrag eure Scheinheiligkeit nicht. Konzentrier dich auf Ben und frag ihn doch mal, ob er sich bei Janet entschuldigt hat. Das wäre nämlich wirklich angebracht.«

»Ganz sicher mische ich mich nicht in seine Angelegenheiten. Solange er armselige Dinger wie diese Janet nicht schwängert oder sie heiratet …«

Tara konnte nicht mehr. Sie wollte nur weg, war schon in der Tür, da hörte sie ihren Vater.

»Wenn das Viech meinen Sohn noch einmal angreift«, sagte er, dies ohne jede Betonung, »bringe ich es um. Eigenhändig.«

Tara verstand, dass er von Shadow sprach. Sie gab sich einen Ruck und eilte in Richtung Seitenausgang, stürmte in den Garten und rief den Kater. Sie würde ihn einfach mitnehmen, beschloss sie. Ob es ihm hier nun besser gefiel oder nicht. Er würde sich umgewöhnen müssen, auch auf seine alten Tage.

Weder Rufen noch Pfeifen brachten etwas. Shadow zeigte sich nicht, antwortete auch nicht aus einem Gebüsch mit einem neckenden Miau, das sie aufforderte, ihn doch zu suchen.

Neneh trat an ihre Seite.

»Gerade war er noch da«, murmelte sie in ihrem schweren Akzent. »Nicht mal fünf Minuten ist es her.«

»Er versteckt sich vor mir. Das hat er nie gemacht.«

»Er weiß, dass ihm niemand was tun kann. Sorgen Sie sich nicht, Miss Tara!«

Tara atmete durch und sah die Haushälterin an. »Sag mir bitte Bescheid, wenn mein Vater irgendwas ...« Sie brachte den Satz nicht mal zu Ende, zu schrecklich war der Gedanke.

»Sorgen Sie sich nicht, Miss Tara!«, wiederholte Neneh nur.

Als Tara Savannah kommen hörte, verabschiedete sie sich und verschwand.

Auf dem Weg durch die gepflegten, stillen Straßen des Garden Districts überlegte sie, was sie mit dem angebrochenen und prinzipiell verdorbenen Sonntag anstellen sollte. Ihre Couch, die Leseecke im Garten oder ein einsames Plätzchen am Mississippi kamen ebenso wenig in Frage wie einer der Parks, denn zu viele Menschen würden sie jetzt so sehr nerven wie zu wenige. Sie nahm die Sonnenbrille aus dem Türfach, setzte sie auf und beschloss, zu Kat zu fahren, wenn die keinen Dienst hatte. Während sie ihr Handy aus der Tasche fummelte, warf sie einen Blick in den Rückspiegel und entdeckte einen hopsenden, schwarzen Punkt weit hinter sich auf dem rechten Gehweg. Eine Katze. Erschrocken trat sie auf die Bremse, hielt am Straßenrand und stieg aus. Sie zog die Brille von der Nase, schattete ihre Sicht ab, indem sie die flache Hand vor die Stirn hielt, und spähte den Weg entlang. Nichts. Keine schwarze Katze. Gar nichts, was da hätte hopsen können. Um sicher zu sein, ging sie ein paar Schritte, pfiff und rief Shadow. Der Weg blieb leer, also machte sie kehrt, stieg wieder ins Auto und telefonierte.

***

»Hilfe!«, begrüßte Tara Kat, die ihr die Tür im nassen Bikini öffnete. »Ich habe Probleme mit der Wahrnehmung! Ich sehe Eltern, tolle Männer und Katzen, wo keine sind.«

»Klingt nach einer schweren Störung.« Kat trat zurück und machte eine einladende Geste mit dem Arm. »Kommen Sie bitte herein, gehen Sie in den Garten durch und legen Sie sich in meinen Pool. Ich bin gleich bei Ihnen.«

Tara fühlte sich gleich besser. Den Weg durchs Haus kannte sie im Schlaf, und beim Anblick des aufblasbaren Babypools schmunzelte sie. Kats Garten war nicht viel größer als ihr eigener, und da sie das Haus lediglich mietete, fiel es ihr natürlich nicht im Traum ein, einen festen Pool zu bauen. Von Hochsaison zu Hochsaison begnügte sie sich mit einem Gummibecken.

»Was denn? Sie sind ja noch nicht nackig«, hörte Tara wenig später und bekam einen Bikini hingeworfen.

»Genügt mein Seelenstrip etwa nicht?«, konterte sie und vergewisserte sich, dass kein Nachbar über die Hecke des Grundstücks linste.

Sie zog sich um, als Kat erneut im Haus verschwand, diesmal, um so einen Drink zu zaubern, wie er bereits auf einem Hocker neben dem Pool stand. Was auch immer an Alkohol drin war, es war hoffentlich reichlich davon! Zur Not oder besser: wenn sie so betüdelt wie nötig war, würde sie das Auto stehenlassen und es am nächsten Abend abholen.

Der Zustand war schneller erreicht als erwartet, denn Kat hatte sich, anders als in der Bar, nicht exakt an das Rezept gehalten. Bei ihrem eigenen Drink allerdings auch nicht, und so fiel es ihr schwer, sich auf alle drei Problematiken zu konzentrieren – wohl auch, weil sie streunende Katzen und schreckliche Eltern nicht so merkwürdig fand wie das Verhalten des Mannes, der inzwischen Julien hieß.

171

»Als er dich abgeholt hat«, sagte sie mit schwerer Zunge, »da hab ich ihn beobachtet. Das war easy, denn er war total auf dich fixiert. John und ich, die Leute, sein Drink, der Lärm, all das schien erst mal egal, denn ihr beide wart wie in so einer ...« Sie suchte nach Worten, zeichnete mit den Händen einen Kreis in die Luft.

Tara wusste, was Kat meinte, und half aus. »In einer Luftblase?«

»Genau. In einer Luftblase wart ihr, und ihr habt euch nicht mal unterhalten. Das ging sowieso schlecht, wegen der Musik. Ihr habt euch nur angeschaut.« Sie machte eine bedeutungsvolle Pause, zog eine Augenbraue hoch. »Und Schätzchen, ich schwöre, die Luft in dieser Blase war heiß.«

»Auf unserem Nachtspaziergang ist sie relativ bald abgekühlt.«

Kat winkte ab. »Diese Art von heiß mein ich nicht. Klar war da sexuelle Anziehung zwischen euch, aber nicht nur. Ich glaube, dass er dich echt mag.« Mit einem Seufzen atmete sie aus. »Und deshalb verstehe ich überhaupt nicht, warum er sich so verhält. Es ergibt einfach keinen Sinn. Außer ...«

Tara legte ihren Nacken auf den Rand des Pools. Der gab unter ihr nach. »Außer?«, fragte sie, als von Kat nichts mehr kam.

Die grübelte und sagte dann: »Außer, er ist beim CIA.«

Tara prustete. »Aber sicher!«

»Kann doch sein. Deshalb seine Unnahbarkeit und die Geheimniskrämerei. Der Mann ist vielleicht unsicher, was er tun soll. Eben, weil er dich gern hat.«

»Das ist Quatsch.«

»Wieso denn? Geheimagenten haben ein offenes und ein geheimes Leben, und von Letzterem wissen oft nicht mal die engsten Freunde, die Eltern oder die Ehefrau.«

»Kat, hör auf!«, kicherte Tara, doch sie verstummte abrupt, als ihr Juliens Statement zu seinem Job einfiel. Sie setzte sich so ruckartig auf, dass Wasser aus dem Pool platschte. »Verdammt! Er hat gesagt, er reinigt Westen.«

»Siehst du!«, tönte Kat zufrieden. »Typisch Geheimagent.«

Tara dachte darüber nach, schüttelte dann den Kopf. »So gesehen jagt er die bösen Jungs aber, um ihnen die dreckige Weste auszuziehen und eine weiße zu verpassen. Das ist nicht wirklich sympathisch.«

»Wetten, das passiert jeden Tag und im Auftrag der Regierung?«

Tara lehnte sich wieder zurück und angelte sich ihr Glas vom Hocker. Mit einem Brummeln stellte sie fest, dass kein Tropfen mehr darin war, behielt es aber in der Hand.

»Und welchen Einfluss hat das alles auf seinen sexuellen Trieb?«

Kat legte sich neben sie und blinzelte in den Himmel, dessen Blau von nicht einem Wölkchen gestört wurde. »Ich versteh die Frage nicht«, beschloss sie nach einer Weile.

»Warum haben wir nicht gevögelt? Weder im Bayou noch in diesem alten Hotel? Nicht einmal nachdem wir den Pornodreh beobachtet haben.«

»Hmm …« Kat schloss die Augen. »Weil er ein Gentleman ist?«

»Dann hätten wir in einem Restaurant gegessen, im Anschluss versprochen zu telefonieren, uns fürs nächste Mal zum Kino verabredet …«

»Dein Leierton verrät, wie aufregend du das findest.«

Weil Tara nur schnaubte, fuhr Kat fort: »Das knallt noch zwischen euch beiden. Bestimmt.«

***

Es wurde gerade dunkel, als Tara nach Hause kam. Ihren Wagen hatte sie, wie geplant, bei Kat stehen lassen, und sich ein Taxi gerufen. Da der Alkohol ihren Geist fliegen ließ, musste sie ein Auge zukneifen, um die Ziffern auf den Dollarnoten zu erkennen. Vor sich hin murmelnd suchte sie die richtigen Scheine raus und gab sie dem Fahrer. An der guten Nacht, die er ihr wünschte, hatte sie Zweifel und sah sich in Gedanken schon über der Kloschüssel hängen.

Auf dem Weg zur Haustür beschloss sie, eine Kopfschmerztablette zu nehmen, um dem Hangover vorzubeugen, kramte ihren Schlüssel aus der Tasche, sah auf und stoppte. Auf der vorletzten Stufe saß der Kater. Aufrecht und tadelnden

Blicks, als gehöre er hierhin und sei über ihre späte Heimkehr empört.

»Shadow?«, raunte Tara und ging weiter.

Sie blinzelte in der Erwartung, danach eine Treppe ohne Kater zu sehen, doch das Bild blieb das gleiche. Er antwortete sogar mit einem Miau, rührte sich aber nicht. Natürlich würde er seine stolze Haltung so schnell nicht aufgeben, ihr so ohne Weiteres gewiss nicht um die Beine schmusen. Erst als Tara die Stufen hinaufkam erhob er sich, streckte sich, gähnte und schaute zu, wie sie aufschloss. Er war noch vor ihr im Haus, stolzierte vom Eingangsbereich durch die Küche und ins Wohnzimmer. An einigen Stellen schnupperte er; da kam er nicht gegen seine Natur an, schließlich war er nie hier gewesen und musste sich orientieren. Beeindruckt zeigte er sich allerdings nicht, sondern flanierte bis zur Terrassentür.

Tara war verwirrt. Die Gefahren auf den vielen Meilen, die er vom Haus ihrer Eltern bis hierher gelaufen war, mochte sie sich gar nicht ausmalen, und dachte sie über seinen Beweggrund nach, bekam sie eine Gänsehaut. Dass Katzen einen siebten Sinn hatten, stand für Tara außer Frage, doch dass er bei Shadow ausgeprägt war, beeindruckte sie.

»Willst du in den Garten?«

Shadow beschmuste das Fensterglas.

»Der ist aber nicht so schön wie der, in dem du bisher gewohnt hast«, sagte sie, während sie die Tür aufschob.

Sein abermaliges Maunzen mochte bedeuten, dass ihm das nichts ausmachte. Er spazierte raus, schnupperte erneut an einigen unwiderstehlichen Stellen, sprang dann auf einen Holzstuhl und setzte sich. Nach einem Blick zu Tara drehte er den Kopf, sah in den Garten und lauschte in die Dunkelheit.

Tara holte das Telefon, um Neneh anzurufen und ihr Bescheid zu sagen. Sie war die einzige in der LaLaurie-Villa, die Shadow vermissen würde.

KAPITEL 12

Eine ganze Reihe von Maßnahmen fiel Julien ein.
Am liebsten mochte er die Idee, Lil Shawn und
ein paar Bros mit freundlichen Grüßen und harten Fäusten zu Ben LaLaurie zu schicken, doch
der Scheißkerl würde danach flennend zu seinem
leider noch immer einflussreichen Daddy rennen.
Außerdem brockte sich Lil Shawn selbst schon
genug Mist ein. Eine andere Möglichkeit bestand
darin, den missratenen LaLaurie-Sprössling nackt
durch French Quarter laufen zu lassen, mit einem
Schild in der Hand, auf dem stand: *Ich schlage gern
Frauen!* Er würde sich hüten, seine Schwester je
wieder anzurühren.

»Brauchen Sie mich heute noch?«

Julien drehte sich im Sessel vom Fenster zur
Tür, wo seine Sekretärin stand.

»Danke, Sylvia, machen Sie Schluss.«

Sylvia setzte ihre Brille ab, die an einer golde-
nen Kette um ihren Hals hing, und musterte ihn.

Was sie sah, missfiel ihr offenbar, und wie gewohnt machte sie kein Geheimnis draus.

»Es ist gleich neun, Julien, also fahren Sie auch nach Hause. Sie sehen aus, als könnten Sie eine Mütze Schlaf gebrauchen. Was haben Sie das Wochenende nur getrieben?«

Das war keine Frage, lediglich ein Vorwurf, und Sylvia verschwand, ohne eine Antwort abzuwarten. Julien drehte sich wieder zum Fenster, das zum Lee Park mit dem Robert-E.-Lee-Monument führte. Er ließ sein Wochenende Revue passieren: Barbecue bei Patrick, schlafloses Herumwandern im Haus, öde Sendungen im TV, Fast Food und Dosenbier, mehr schlafloses Herumwandern. Es war ja nicht so, als hätte er nicht versucht, zur Ruhe zu kommen. Das hatte einfach nicht geklappt … denn Tara LaLaurie wurde von ihrem Bruder geschlagen. Außerdem hielt sie ihn für einen willenlosen Angsthasen.

Ihre letzten Worte hallten noch in ihm: *Meld dich, wenn du weißt, was du willst!*, hatte sie ihm am Ende dieser schrecklichen Minuten vor der Brücke gesagt. Das kratzte an seinem Stolz, denn nicht zu wissen war etwas ganz anderes als nicht zu tun. Nur Letzteres traf auf ihn zu. Er tat nicht, was er wollte, hielt sich mit aller Kraft davon ab.

Die längste Zeit!, beschloss er, schwang im Stuhl herum, rollerte an den Schreibtisch und nahm sein Telefon. Weil er keine Lust hatte, ewig auf eine Antwort zu warten, rief er einfach an.

Tara klang überrascht und in Eile.

»Hey.«

»Hey, hast du schon gegessen?«

»Bloß ein Sandwich, aber mehr brauch ich heute nicht mehr. Wieso?«

»Möchtest du vielleicht noch eine Kleinigkeit essen oder nur was trinken? Ich kenne ein gutes italienisches Restaurant …«

»Ist ganz schlecht heute.« Sie hielt inne, um einen Schlüssel aufzuheben, der ihr, dem Klimpern nach, heruntergefallen war. »Ich bin in der Bibliothek, und danach muss ich mein Auto bei einer Freundin abholen.«

Sie wollte ihn also nicht sehen. Er sie aber.

»Ich meld mich wieder«, sagte er, beendete das Gespräch, steckte sein Handy ein und fuhr seinen Rechner runter.

Auf dem Weg zum Parkplatz zog Julien sein Jackett aus, lockerte die Krawatte und zerrte sie ab. Beides flog auf den Rücksitz seines Wagens. Der Motor meldete sich mit einem Brummen, das noch grimmiger wurde, als er Gas gab. Während des Fahrens krempelte er seine Hemdsärmel um.

»Die längste Zeit«, murmelte er und bog auf die nach Norden führende Elysian Fields Avenue. Nach einem Zwischenstopp an einer Tankstelle fuhr er auf das Campusgelände und folgte den Schildern, die zum Besucherparkplatz der Bibliothek wiesen. Er hatte freie Auswahl, denn kein anderes Auto stand dort, also parkte er nahe am Gebäude und lief ein paar Meter. Eine breite Treppe führte zum Haupteingang. Er nahm zwei

Stufen auf einmal, zog die Tür auf und trat in einen Vorraum, hinter dem eine zweite, gläserne Schwebetür wartete, die auf Bewegungen reagierte. Lautlos öffnete sie sich und schloss sich wieder hinter ihm. Er stand vor einem unbesetzten Empfangsdesk. Dahinter lagen die Reihen der Lese-Arbeitsplätze; alle leer, die Lampen von einigen leuchteten noch. Beim Blick auf die Gänge mit deckenhohen Bücheregalen, die rund herum begannen, entdeckte er eine erste und zweite Etage und befürchtete schon, ewig zu suchen, da hörte er Stimmen.

»Was gibt's heute auf die Ohren, Schätzchen?«, rief eine Frau, die direkt über ihm sein musste.

»Wie wäre es mit Vivaldi, dem Sommer?«, antwortete eine andere, Tara, von weiter weg.

Julien lauschte der Stimme nach, schätzte die Richtung ein und beschloss, in der zweiten Etage zu suchen. Sein Herz schlug einen aufgeregten Takt ein, als er die Treppe hinaufging. Er hielt nach der anderen Frau Ausschau und legte sich, für den Fall, dass sie ihm begegnete, eine passable Erklärung zurecht. Ohne entdeckt zu werden, brachte er das erste Stockwerk hinter sich und hielt kurz inne, weil Musik erschallte. Stufe für Stufe schlich er dann weiter.

Zurückhaltend und schwermütig klangen die Violinen zuerst, wie ein heißer, träger Sommertag, dann spielten sie schneller, als würde ein Wind die Hitze vertreiben und Gräser von einer Düne über den Strand fegen.

In der zweiten Etage passierte er Gang für Gang, eiliger mit jeder Enttäuschung und wohl ein bisschen angetrieben von den ganz aufgeregten Violinen, die inzwischen wie eine Horde verärgerter Bienen auf Blütenstaubentzug klangen.

Die Runde war beinahe abgelaufen, da entdeckte Julien Tara im vorletzten Gang. Ein Buch unter den Arm geklemmt stand sie da, las in einem anderen – von Kopf bis Fuß in charmantem Schwarz, sein kleiner Blackbird. Als er näher kam, hob sie den Kopf, begegnete seinem Blick und klappte das Buch vor Schreck zu. Das andere rutschte unter ihrem Arm hervor und landete mit einem dumpfen Schlag auf dem Parkett. Bei dem Geräusch setzte sein Herz einen Takt aus, donnerte dann doppelt so schnell weiter, und das Prickeln, das in seinen Lenden eingesetzt hatte, breitete sich bis unter seine Rippen aus.

Die längste Zeit, sagte er sich ein drittes Mal, als sie zurückwich. Sie presste das Buch an ihre Brust, ließ es sich von ihm aber abnehmen. Er schob es in einen freien Spalt hinter ihr und nutzte die Bewegung, um sie gegen das Regal zu drängen, sie einzusperren, zwischen ihren so geliebten Büchern und ihm selbst.

Das Kribbeln unter seinen Rippen wurde heftiger, und er spürte, was zwischen seinen Beinen geschah, als sie zu ihm hochsah. Ein Flackern huschte in ihre dunklen Augen, ihre Lippen zuckten. Den angehaltenen Atem ließ sie jetzt gehen. Warm strich er über seinen Hals.

»Julien ...«, murmelte sie und kam nicht weiter, weil er ihren Mund mit einem Kuss schloss.

Hart und wie ausgehungert küsste er sie. Tatsächlich hatte er seinen lange geweckten Appetit auf sie so lange vernachlässigt, dass daraus ein Heißhunger geworden war. Der drosselte seinen Verstand gerade auf minimale Leistung und weckte den Urtrieb, zu nehmen und zu besitzen. Ihren Mund hatte er bereits, und der Rest von ihr würde ihm gleich gehören.

Als Tara ihre Hände in seinen Nacken legte, ihr Becken an ihn drückte und unter dem Kuss leise stöhnte, brannte die letzte Sicherung in seinem Kopf durch. Während sich in Vivaldis Sommer ein Sturm zusammenbraute gab er ihre Lippen frei und zerrte ihr die Tunika über die Schultern, einfach nach unten, über ihre Brust und ihren Bauch. Auf dem Rückweg nahm er ihre Arme mit, hob sie über ihren Kopf und spürte ihren Schauder unter seinen Fingerspitzen. Der Haken zwischen den Körbchen ihres BHs war schnell geöffnet. Als er seine Hände um ihre festen, warmen Brüste schloss und spürte, wie ihre Nippel hart wurden, stieg ein Murren aus seiner Kehle und er presste sein Becken gegen ihren Bauch, um sie spüren zu lassen, was zwischen seinen Beinen los war.

Sie nahm ihre Arme herunter, um ihn näher zu ziehen und stellte sich auf die Zehenspitzen, weil sie ihre Pumps inzwischen verloren hatte. In einen mal innigen, mal bissigen Kuss versunken begann sie, ihn auszuziehen. Sie zog ihm das Hemd aus der Hose und machte sich an dessen Knöpfen zu schaffen.

»Das sind zu viele«, wisperte sie ungeduldig und schien ihm den Stoff am liebsten vom Leib reißen zu wollen.

Voller Ungeduld nestelte sie an seinem Gürtel und musste immer wieder loslassen, weil er sie ebenfalls auszog, wobei er schneller war. Ein Kleidungsstück nach dem anderen landete auf dem Holzboden: Ihre Tunika gefolgt von ihrer Hose, ihrem BH, ihrem Höschen. Sie keuchte und schob ihm die Boxershorts von den Hüften, als er mit der Hand zwischen ihre Beine fuhr. Sie war so feucht, und das machte ihn so ... grr!

Binnen Sekunden lag sie auf dem Rücken, auf all den Klamotten, und er war über ihr, stützte sich zu ihren Seiten ab, schob sein Becken zwischen ihre Beine. Die Musik verklang. Der Sommer war zu Ende.

»Glaub nie wieder, dass ich nicht weiß, was ich will ...«, murmelte er und schickte die Spitze seines pulsierenden Schaftes durch ihre nasse Pussy. »Oder besser: wen ich will.«

»Dann lass mich nie wieder glauben, dass nicht ich es bin«, antwortete sie.

Er erinnerte sich an den Inhalt seiner Hosentasche, suchte die Hose im Kleiderwulst und fummelte das Kondom heraus. Tara nahm es ihm ab, sodass er sich wieder abstützen konnte. Sie riss die Packung auf, holte das Gummi heraus, prüfte kurz die Abrollrichtung und zog es ihm dann über den Schwanz. Sobald es saß, legte sie ihre Hände auf seinen Hintern.

Er mochte sich nicht zurückhalten, konnte es auch nicht. Mit einem Stoß drang er in sie ein, hielt ein Ächzen zurück, denn der Laut hätte die Stille in der Bibliothek zerrissen. Weil sie keuchte und schreien wollte, hielt er ihr den Mund mit einer Hand zu, dann ersetzte er die Hand durch seinen Mund, küsste sie wieder und bewegte sich weiter. Sie zitterte unter ihm und schloss ihre Beine um ihn. Ihre Finger krallten sich in seine Schultern, ihre Nägel gruben sich in seine Haut, tiefer mit jedem Mal, das er in sie stieß, doch der leise Schmerz spornte ihn an. Er biss die Zähne zusammen, machte ein bisschen langsamer, um noch nicht zu kommen, um noch nicht loszulassen, wie sein Körper es gern wollte, um den Moment noch zu bewahren. Und auf sie zu warten.

Das spürte sie.

»Ich kann nicht so einfach kommen«, flüsterte sie und strich über seinen schweißnassen Rücken. »Lass einfach gehen!«

So einfach, wie das gesagt war, wollte er es nicht hinnehmen, also richtete er sich auf. Ihre Schenkel auf seinen Beinen, sein Schwanz in ihr, vögelte er sie weiter und streichelte ihren schwitzenden Körper, ihre Brüste, ihren Bauch, ihre Hüften. Sobald er seinen Daumen auf ihren Kitzler legte, stöhnte sie wieder und hielt sich selbst den Mund zu. Er beobachtete, wie sich jeder

Muskel in ihr anspannte, wie ihr Becken zu beben begann, heftiger mit jeder neuen Berührung. Als sie den Atem anhielt und den Rücken durchbog, wusste er, dass sie soweit war und ließ los. Von seiner Ekstase gepackt, sank er wieder auf sie, hielt sie und barg sein Gesicht an ihrem, presste seinen Mund an ihre Wange.

Eine Ewigkeit schien zu vergehen, bis es in ihm ruhig wurde.

***

Julien fühlte sich merkwürdig, als er und Tara sich anzogen. Ohne Zweifel hatte die Bibliothek etwas Magisches, und er hätte sich nie erträumt, je an einem solchen Ort Sex zu haben, aber er wünschte sich doch gerade, in einem Bett zu sein, sich nicht anziehen und sie nicht loslassen zu müssen. Er beobachtete sie, während er sein Hemd zuknöpfte. Sie streifte ihre Tunika über und stellte fest, dass sie links herum war. Einen süßen Blick warf sie ihm zu, grinste und zog sie richtig herum an.

»Für ein Essen im Restaurant ist es jetzt wahrscheinlich zu spät«, sagte er und stopfte das zerknitterte Hemdsende in die Hose.

Sie sah auf ihre Uhr. »Nach zehn an einem Montag. Die Küchen sind jetzt geschlossen. Aber in einem Imbiss bekommst du sicher noch was.«

Er wollte kein Fast Food.

»Ich hab einen Rest Chili im Kühlschrank. Das könnte ich warm machen.« Nach einem Zögern gab er sich einen Ruck. »Komm mit zu mir, bitte, und bleib über Nacht. Morgen früh fahr ich dich zu deinem Auto.«

Tara schlüpfte in ihre Pumps und hob das Buch auf, um es ins Regal zu schieben. Währenddessen dachte sie über seinen Vorschlag nach und schien nach Kontras zu suchen. Als sie sich zu ihm umdrehte, lächelte sie. Die Wärme, die in ihren Augen schimmerte, trieb die Endorphine in seinem Blut an. Er wollte sie wieder küssen, jetzt und die ganze Nacht.

»Sehr gern«, sagte sie und streckte die Hand nach ihm aus. »Komm! Lass uns Charlene suchen, damit sie uns aufschließt.«

Julien nahm ihre Hand, blieb aber stehen, als sie gehen wollte, und zog sie sanft zurück, um zu tun, wonach ihm war. Um ihren Mund noch einmal zu schmecken.

»Das werde ich nie vergessen«, murmelte er an ihre Lippen.

»Das will ich hoffen«, gab sie zurück und führte ihn aus dem Gang zur Treppe.

Die Bibliothekarin trafen sie im Untergeschoss. Sie ging von Tisch zu Tisch, knipste die Lampen aus und war erstaunt, dass Tara noch da war. Nicht allein dazu. Einen Kommentar verkniff sie sich allerdings und schloss ihnen auf.

Nachdem sie Taras Jacke und Tasche aus ihrem Büro in einem anderen Gebäudekomplex geholt hatten, fuhren sie zum Warehouse District, das auch als Arts District bezeichnet wurde, weil hier zahlreiche Museen und Galerien ansässig waren. Julien lebte in einem Appartement, das sich in der fünften und obersten Etage eines einstigen Lagerhauses befand. Der klapprige alte Aufzug, der mit einem Gitter verschlossen wurde, brachte sie hinauf, und bis zu seiner Wohnung mussten sie ein paar Schritte über einen Gang laufen. Hinter der bulligen Eingangstür lag das Loft, in dem er hatte leben wollen, seit er aus dem Reihenhaus seiner Eltern in Bywater ausgezogen war. Die hohen Industriefenster der Hausfront spendierten einen grandiosen Blick über das jetzt nächtlich erleuchtete New Orleans. Alle anderen Wände waren fensterlos und aus rotem Backstein, der kaum Dekoration brauchte. Durch Nischen visuell getrennt, teilten sich Wohn- und Schlafbereich, Küche und Bad einen großen Raum, lediglich die Toilette befand sich hinter einer Tür.

Während Julien das Chili aus einer Box in einen Topf kippte und auf den Herd stellte, schaute Tara sich um und amüsierte sich über die offen dastehende Badewanne, ein altes Modell aus Zink, und die in Steinwänden installierte Dusche, die ebenfalls in einem vergangen Jahrhundert entstanden zu sein schien, tatsächlich aber extra eingebaut wurde.

»Ist ja wie in einem Erlebnishotel«, sagte sie.

»Warst du schon mal in einem?« Er hielt ihr zwei Flaschen Wein hin. »Rot oder Weiß?«

»Für mich lieber der Rote.« Sie sah vom Bad zum Schlafbereich, einem von Schließfächern umgebenen Eisenbett. »Nein, aber so stelle ich mir eine Erlebnisübernachtung vor. Und das würde ich sofort buchen.«

Er schmunzelte. »Ich vermiete nicht. Aber du bist jederzeit herzlich eingeladen.«

Julien schenkte Rotwein in zwei Gläser, gab Tara eins und stieß mit ihr an. »Auf uns!«

»Auf uns! Das klingt gut.«

»Das ist gut und wird wahrscheinlich noch besser.« Er trank als sie es tat, warf danach einen Schulterblick auf das köchelnde Chili. »Zehn Minuten, dann können wir essen.«

Tara schlenderte in den Wohnbereich, wo eine graue Ledercouch um einen Metalltisch stand, mit Ausrichtung auf sein penibel ausgesuchtes Sound- und TV-System.

»Verrätst du mir jetzt, was du beruflich tust? Ich habe schon wild spekuliert und würde damit gern aufhören.«

»Noch wilder als bei unserem Spaziergang?«

»Oh ja, viel wilder. Inzwischen halt ich dich für einen Geheimagenten.«

Julien ging zum Chili, um es umzurühren. »Sehr fantasievoll!«, sagte er und nahm zwei Teller aus einem Holzregal, Besteck aus einem Keramikbecher. »Bin ich aber nicht. Glaub mir, ich habe einen total spießigen Beruf.«

Er spürte, dass Tara ihn beim Eindecken des Bistrotisches beobachtete. Auch ihre Gedanken meinte er zu lesen, und für ein paar Sekunden war er versucht, ihr alles von sich zu erzählen.

Dieses Alles würde allerdings einige Stunden Zeit in Anspruch nehmen, und es würde das, was sie beide gemeinsam erlebt hatten, in Frage stellen. Er musste ihr alles sagen, sehr bald, aber nicht heute. Heute gehörte es nicht her.

Beim Essen redeten sie über Literatur, über die Werke von Edgar Allan Poe genau genommen, und er musste zugeben, dass er den Meister des Horrors erst vor einigen Jahren kennengelernt hatte. In einem muffeligen Buchladen im French Quarter hatte er *Tales of Mystery and Madness* gefunden, das fünf Stories für Kinder erzählte oder besser: erzählen sollte, die durch Gris Grimlys Illustrationen in Szene gesetzt wurden. Letztere waren großartig und hatten Julien fasziniert. Die Geschichten auch irgendwie, doch er hatte nur eine pro Abend lesen können und jedes Mal verdammt schlecht geträumt. Von eingemauerten schwarzen Katern und grässlichen Hopsfröschen. Er mochte sich nicht vorstellen, was Poes Worte in Kombination mit den Zeichnungen in den Köpfen der lieben Kleinen, die auf eine Gute-Nacht-Geschichte hofften, anstellten.

Tara lachte darüber und wollte das Buch sehen, also suchte er es aus seinem Bücherschrank. Ganz fasziniert blätterte sie darin, las hier und da und schüttelte manchmal den Kopf. Für Kinder absolut ungeeignet hielt sie es, fand es aber dennoch grandios. Julien schenkte ihr das Buch, nachdem sie die Küche aufgeräumt hatten und ins Bett gingen.

»Weiß dein Vater, was zwischen dir und deinem Bruder passiert ist?«, fragte er, als sie sich mit dem Rücken an ihn kuschelte.

»Nein«, sagte sie und rutschte dichter an ihn. Sie seufzte. »Und es ist egal.«

»Es ist ihm egal?«

»Das wahrscheinlich auch.«

»Hat er das schon einmal getan, dein Bruder?«

»Es ist egal.«

»Mir nicht!«

»Er ist nicht mal ein Wort wert. Meine ganze Familie ist es nicht, aber ich erzähle dir mehr, irgendwann, bestimmt.« Sie atmete tief ein und aus, kuschelte ihren Kopf dann in das Kissen, das sie sich teilten.

Julien deckte sie besser zu. Als er die Decke über sie zog und den Arm um sie schlang, dachte er an einen Flügel, den er über ihr ausbreitete, sie darunter verbarg und beschützte. Er würde sie beschützen, vor ihrem Bruder … und vor ihrem Vater ebenfalls.

KAPITEL 13

Tara lächelte den ganzen Tag. Wann immer sie an Julien dachte, ging in ihr ein kleines Feuerwerk los, begleitet von einem Flirren in der Brust und einem Flattern im Bauch, sodass sie gar nicht anders konnte, als zu lächeln.

Nach der letzten Vorlesung beeilte sie sich, aus der Uni zu kommen und antwortete den Studenten, die sie mit Fragen aufhielten, beinahe ungeduldig. Sie musste zu Kat ins Missi Spirits. Sie würde platzen, wenn sie ihr nicht bald erzählen konnte, was passiert war, und hastete mit großen Schritten zum Auto, da klingelte ihr Telefon. Im Gehen durchwühlte sie ihre Tasche und schimpfte über das Ding, weil es wie ein Sack war und sich die kleinen Sachen darin verloren. Endlich bekam sie das Handy zu fassen und freute sich darauf, Juliens Stimme zu hören, sein warmes Hallo, da sah sie, dass Savannah anrief. Ihre Freude schlug prompt in Genervtheit um. Was auch immer ihre Nicht-Mutter wollte, sie fasste sich besser kurz.

»Du muss sofort herkommen«, schluchzte Savannah in ihr Ohr. »Etwas Furchtbares ist geschehen.«

Tara blieb vor Schreck stehen. Savannah heulte gern und oft, doch anders als sonst klang sie ernsthaft verzweifelt.

»Ist was mit Dad?«

»Nein, es geht um Ben. Komm sofort, okay? Wir müssen jetzt alle sehr stark sein und unseren Zusammenhalt zeigen.«

Tara ging weiter. Sie erreichte ihr Auto, setzte sich hinter das Lenkrad und hörte Savannah beim Weinen zu. Vor ihrem geistigen Auge entstanden Bilder ihres toten Bruders, verreckt an einer Überdosis.

»Was ist mit Ben?«, fragte sie tonlos.

»Nicht übers Telefon. Komm her!« Savannahs Ton wurde flehentlich, dann atmete sie durch. »Ich muss Schluss machen. Ich kann nicht telefonieren. Bis gleich.«

Tara nahm das Handy vom Ohr. Sie starrte auf das noch erleuchtete Display und lauschte in sich hinein. Der Gedanke, dass ihr Bruder tot war, entsetzte sie gewissermaßen, doch dieses Gefühl war von einer Art Taubheit überlegt. Ihre Ohren brummten, weil das Adrenalin darin rauschte, und ihre Hände zitterten ein bisschen. Ein Kloß setzte sich in ihrer Kehle fest, Hitze stieg in ihre Brust und brannte. Sie legte die Hand darauf, um sich zu beruhigen, berührte dabei das Amulett mit dem Veve und umschloss es. Eine Gänsehaut kroch über ihre Arme, als sie an ihr Statement gegenüber Julien dachte. Dass jeder früher oder später das bekam, was er verdiente, hatte sie gesagt. Ihr schlechtes Gewissen wollte aufkeimen – nur wegen dieses Satzes, der ein Wunsch gewesen war, doch es kam nicht gegen ihren Verstand an. Ihr Verstand erlaubte ihr auch keine Traurigkeit.

Tara wartete noch ein paar Minuten. Nachdem ihre Hände ruhiger waren und sie klar sah, fuhr sie nach Garden District. Der Himmel über dem Haus ihrer Eltern schien niedriger als anderswo. Wie eine schwere Wolke drückte er auf Taras Gemüt, als sie durch den Vorgarten ging.

Neneh öffnete ihr mit dem obligatorischen »Hallo, Miss Tara«. Ihr Blick war traurig. »Ihre Eltern und Mister McAllister sind im Wohnzimmer«, sagte sie dann.

Tara ging durch das Haus. Sie hielt inne, als sie Ethans Stimme hörte, gab sich einen Ruck und betrat das Wohnzimmer. Savannah und Ethan saßen in Sesseln, sie eingeknickt und mit verweintem Gesicht, er wie zum Sprung bereit. Sein besorgter Blick flog zu Tara, er nickte zum Gruß. Alexander stand am Fenster, Zorn stand in seiner Miene. Er sah seine Tochter nur kurz an und wandte sich wieder an Ethan.

»Das ist alles erstunken und erlogen, nichts weiter«, knurrte er.

Ethan ignorierte ihn. Er bat Tara, sich zu setzen, und sobald sie auf der Lehne eines Sessels Platz genommen hatte erzählte er, was geschehen war.

Ben lebte. Mit jedem Wort, das Tara von Ethan hörte, bedauerte sie das mehr. Ihr wurde kalt und speiübel. Sie fühlte sich wie unter einer ekelhaften Dunstglocke und spannte sich so sehr an, dass jeder Muskel schmerzte. Sie wollte verschwinden, raus aus diesem scheußlichen Haus, doch sie konnte sich kaum bewegen, rutschte irgendwann von der Lehne auf das Sitzpolster.

In den Morgenstunden hatten Ethans Leute die Leiche von Janet Hendric, Bens Freundin, aus dem Mississippi gefischt. Die erste Begutachtung hatte ergeben, dass sie erwürgt worden war. Am vorherigen Abend hatten Nachbarn von Janet einen Streit beobachtet, den Ben und sie auf der Straße gehabt hatten. Den Aussagen zufolge hatten sie sich angebrüllt, sie hatte geweint und sich von ihm losgemacht, weil er sie gepackt und geschüttelt hatte. Sie war in ihr Auto gestiegen und davongebraust. Er war ihr in seinem Wagen gefolgt. Einige Zeit später wurden beide von zwei Obdachlosen am Fluss beobachtet. Die Männer berichteten ebenfalls von einem handgreiflichen Streit. Spuren davon befanden sich in Bens Gesicht und aller Wahrscheinlichkeit nach unter Janets Fingernägeln; für die Bestätigung dessen mussten die Laboranalysen abgewartet werden, die aktuell vorgenommen wurden.

Ben befand sich bereits im Parish Prison, dem Gefängnis der Stadt, das seinem Ruf nach zu den zehn schlimmsten des ganzen Landes gehörte. Bei seiner Festnahme war er alkoholisiert gewesen. Durch einen Urintest war ihm der Konsum von Kokain nachgewiesen worden, das in seinem Haus gefunden worden war. Er bestritt die Tat und gab an, nach dem Streit nach Hause gefahren zu sein. Das konnte allerdings niemand bestätigen.

»Es sieht jedenfalls düster aus für Ben«, schloss Ethan und rieb sich über das Gesicht. »Verdammt düster.«

»Erstunken und erlogen«, wiederholte Alexander und warf einen Blick zu seiner Frau, die schluchzte und sich ein Taschentuch vor Mund und Nase presste.

»Die Beweislage spricht gegen deinen Sohn«, sagte Ethan.

»Scheiß auf die Beweislage. Ich erwarte den Anruf von Max, der wird die Sache schon richtig ausleuchten. Verlass dich drauf.«

Max Boyer war einer der beiden Anwälte, die am Geburtstag da gewesen waren. Tara zweifelte nicht daran, dass er diesen Fall gern übernahm und die Lichtverhältnisse zu Bens Gunsten manipulierte. Hand in Hand arbeiten würde er mit Steven Mitchell, Staatsanwalt in New Orleans und zweiter Anwalt auf der Feier. Zusammen mit ihrem Vater würden sie nicht nur Zeugen auftreiben, die Bens Anwesenheit zu Hause bestätigten, sondern auch Einfluss auf den Richter und die Geschworenen nehmen, falls es überhaupt zu einer Verhandlung kam.

In all den Jahren als Tochter eines Richters hatte Tara verstanden, wie dehnbar das Gesetz und wie scheinheilig die Gerechtigkeit war. Sie ahnte, dass ihr Bruder von dem Vorwurf freigesprochen werden würde, freigekauft von Daddy. Er würde den Kopf gewaschen bekommen, sich danach, vielleicht schuldbewusst und um Gutmachung bemüht, auf sein Studium konzentrieren. Absolut widerwärtig war, dass einer wie er Jura studierte und überhaupt das Recht bekam, ins Leben zurückzukehren. Beim Gedanken an die arme Janet zog sich Taras Herz zusammen, und sie warf sich vor, sie nicht eindringlich genug gewarnt zu haben.

»Wer weiß, mit wem sich diese Frau alles abgegeben hat«, krächzte Savannah wie auf Kommando. »Wer war sie schon? Tanzlehrerin in einem drittklassigen Studio. Sie hatte kein Niveau, nicht Bens Klasse. Ich bin sicher, sie haben gestritten, weil sie andere Männer hatte.«

»Das tut nichts zur Sache«, kam es von Ethan.

»Oh doch, das tut es!« Savannah stand auf und begann, im Zimmer auf und ab zu laufen. »Wieso muss es Ben gewesen sein? Wenn sie andere Männer hatte, kommen die ebenso in Frage und müssen vernommen werden.«

Ethan blieb ruhig. »Es gibt bislang keinen Hinweis auf andere.«

»Dann finde einen! Wozu bist du Cop?«

»Beruhig dich!«, klinkte sich Taras Vater ein, hatte aber selbst Mühe, mit ruhiger Stimme zu sprechen. »Vorwürfe an Ethan bringen uns nicht weiter.«

»Ich will mich nicht beruhigen! Ich kann nicht, schließlich geht es um meinen Sohn, und ich lasse nicht zu, dass eine Schlampe wie diese Janet Unglück über ihn bringt. Niemand bringt Unglück über mein Kind!« Schluchzend ließ sie sich in den Sessel fallen.

»Ich bin sicher, alles klärt sich. Max weiß, was zu tun ist.«

»Wieso dauert es so lange, bis er sich meldet? Das hier hat ja wohl Priorität. Und was ist überhaupt mit Steven? Hast du mit ihm geredet?«

»Steven habe ich noch nicht erreicht, und Max hat heute eine Verhandlung.« Alexander zog sein klingelndes Handy aus der Tasche. »Na bitte, hier ist er schon.«

Er entschuldigte sich, nahm das Gespräch entgegen und verließ das Zimmer, um ungestört zu sprechen.

Savannah und Ethan sahen Tara an, als erwarteten sie eine Stellungnahme, doch sie konnte nicht sprechen. *Arme Janet! Arme Familie von Janet*, dachte sie hauptsächlich, und davon abgesehen empfand sie Savannahs Forderung als bodenlose Unverschämtheit. Sie würde einen Scheiß tun und den Familienzusammenhalt demonstrieren, vielleicht noch in die Öffentlichkeit gehen und tönen, was für ein anständiger Kerl Ben war. Sie schämte sich allein dafür, in diesem Moment in diesem Haus zu sein. *Das ist nicht meine Familie*, sagte sie sich. *Das ist nicht mein Bruder!*

»Liebes, du bist ganz blass«, wimmerte Savannah. »Neneh soll dir ein Glas Wasser bringen.«

»Danke, ich will nichts«, sagte Tara und mahnte sich, ihre Stimme nicht so kalt klingen zu lassen.

»Wie schrecklich es doch ist.«

»Schrecklich, ja!« Tara knirschte mit den Zähnen und sah von Savannah zu Ethan, der sie betrachtete.

»All unsere Kraft brauchen wir. Wir müssen stark sein für Ben, wir werden für ihn beten und ihm …« Savannah schwieg erschrocken, weil die Tür aufflog und ihr Mann ins Zimmer stürmte.

»Fernseher an!«, bellte er, schnappte sich die Fernbedienung selbst und zappte von Sender zu Sender.

»Was ist los?«, fragte Ethan und stand auf.

»Es gibt ein Problem! Ein verdammtes Problem! Gott steh uns bei! Unglaublich, was da passiert ist.«

»Du machst mir Angst, Alexander«, raunte Savannah und sah zum Bildschirm, der die Nachrichten eines Lokalsenders zeigte. Ein Reporterin berichtete von Janets Tod und Bens Festnahme.

Als ein Foto von ihm eingeblendet wurde, spürte Tara pure Abscheu in sich.

»Das Ermittlungsverfahren wurde eingeleitet«, ächzte Taras Vater und setzte sich in den Sessel, der bisher von Ethan belegt worden war. Tara bemerkte, dass ihm alle Farbe aus dem Gesicht gewichen war.

»Wie kann Steven das tun?«, rief Savannah. »Es sind gerade fünf Stunden vergangen seit …«

»Steven ist heute Morgen nach Bekanntwerden der Sache von seinem Amt zurückgetreten. Das hab ich eben von Max erfahren.« Er schnaubte verächtlich. »Aus Gründen der Befangenheit. Es gab keinerlei Einspruch. Jeder weiß, wie gut wir befreundet sind.«

Ohne Steven Mitchells Mitwirken würde Bens Freispruch nicht so leicht erwirkt werden, das leuchtete Tara ein und sie triumphierte innerlich.

»Kennen wir den Nachfolger?«

»Eine verdammte Frau, Susan Birdman.« Alexander warf die Fernbedienung weg und nickte zum Bildschirm, wo das Bild einer etwa Fünfzigjährigen eingeblendet wurde.

Tara kannte sie nicht und ging davon aus, dass dies auch auf ihren Vater zutraf. Ihr Handwerk zu lenken war also keine Option. Zudem war zu erwarten, dass sie in ihrem ersten Fall und als Frau besonders geradlinig vorgehen würde.

»Sie ist nicht unser einziges Problem«, knurrte Alexander, den Blick noch auf den Bildschirm geheftet. »Der da ist viel schlimmer. Er vertritt die Nebenklage.«

Tara sah zum Bildschirm und erstarrte.

Julien, ihr Julien, blickte ihr entgegen, aalglatt die Miene, eisgrau die Augen.

»Wer ist das?« Savannah ballte die Hände so fest zu Fäusten, dass die Haut über ihren Knöcheln weiß wurde.

»Cavanaugh«, knurrte ihr Mann. »Julien Cavanaugh. Ein selbsternannter Ritter der Gerechtigkeit. Nicht einen Fall hat der in den vergangen zwei oder drei Jahren verloren.«

Ethan meldete sich wieder zu Wort. Er klang ungeduldig. »Ich kenn den Namen irgendwoher, und die Visage dieses Mannes ist mir schon mal untergekommen. Ich würd jetzt echt gern erfahren, was hier abläuft.«

Alexander klingelte nach Neneh, die sofort kam. Barsch wies er sie an, ihm einen Drink zu bringen. Er bot Ethan auch einen an, doch der lehnte ab und wartete auf die Story. Sobald Neneh den Bourbon gebracht und Alexander ihn hinuntergekippt hatte, rückte er mit der Sprache heraus.

»Michael Cavanaugh war sein Vater. Bei der Sache damals, da muss Junior so fünfzehn gewesen sein.« Er schwieg, rechnete nach. »Zweiundzwanzig Jahre ist das jetzt her.«

»Die Bankraube?«, fragte Ethan.

Alexander nickte und erzählte weiter: »Cavanaugh und sein Kumpel waren arbeitsscheue Kleinganoven irischer Abstammung. Eine Reihe von Banken in ganz Louisiana hatten sie in diesem einen Monat um viele tausend Dollar erleichtert, doch in New Orleans tappten sie in eine gut angelegte Falle. Beide waren bewaffnet, und so kam es zu einem Schusswechsel, bei dem Cavanaughs Kumpel, aber auch zwei Polizisten getötet wurden.«

Tara stockte der Atem, und ihr Herz stand einen Moment lang still. Dunkel erinnerte sie sich an eine Verhandlung, bei der ihr Vater den Vorsitz gehabt hatte. Über Monate hinweg war das Thema gewesen. Sie wollte sich die Ohren zuhalten, nichts mehr hören, doch sie konnte sich noch immer nicht rühren, und so träufelten die Worte ihres Vaters wie Gift in ihre Fassungslosigkeit.

»Cavanaughs Pflichtverteidiger war eine Niete, der nicht einen zugunsten seines Mandanten aussagenden Zeugen auftreiben konnte, also befanden ihn die Geschworenen einstimmig für schuldig. Der Staatsanwalt hatte die Todesstrafe beantragt, und ich kam diesem Antrag nach. Im Anschluss an seine Verurteilung wurde Cavanaugh nach Angola gebracht, wo er elf Jahre im Todestrakt saß. In der Zwischenzeit ergatterte sein Bastard von Sohn ein Stipendium an der Duke und verschwendete nicht ein Semester. Er absolvierte sein Referendariat, machte das Staatsexamen, wurde Anwalt und kehrte nach Louisiana zurück, um seinen Vater rauszuholen.« Ein kratziges Lachen erklomm Alexanders Kehle. »Tatsächlich hat er einen Geschworenen aufgetrieben, den ich während der Verhandlung ausgetauscht hatte, doch der schwieg wie ein Grab. Danach holte er einen Ex-Bankangestellten ran, der gesehen haben wollte, dass ausschließlich der in der Schießerei getötete Kumpel auf die Cops gefeuert hat. Michael Cavanaugh soll weder eine Waffe gehabt haben, noch bei der Schießerei dabei gewesen sein. Weil dem Mann aber eine Demenz bestätigt wurde, brachte diese Aussage gar nichts, und der Verurteilte wurde hingerichtet. Auf dem elektrischen Stuhl. Wie es recht war.« Mit einem mürrischen Laut fuhr er sich durch die Haare, dann läutete er abermals nach Neneh.

»Das war vor elf Jahren ungefähr«, sagte er abschließend und orderte einen zweiten Bourbon bei der Haushälterin.

Tara wurde schwarz vor Augen, dann raste ihr Herz los und sie schnappte nach Luft.

Er hat dich benutzt!, ätzte eine Stimme in ihrem Kopf. *Er war bloß auf der Suche nach einer Option, es deinem Vater heimzuzahlen ...* Als Savannahs Weinen zu ihr durchdrang, schärfte sich ihr Blick.

»Er will sich an dir rächen«, schluchzte ihre Nicht-Mutter. »Das darf nicht geschehen, Alexander! Du darfst nicht zulassen, dass er unser Baby verantwortlich macht!«

Er fuhr zu ihr herum. »Meinst du, das habe ich vor? Du kannst dich darauf verlassen, dass ich diesem Mann das Handwerk legen werde.«

»Wie willst du das anstellen?«, mischte sich Ethan ein.

»Lass das mal meine Sorge sein!«

Ethan schüttelte den Kopf. »Vergiss es. Sieh besser zu, dass Max einen top Job macht. Wir brauchen glaubwürdige Zeugen, Frauen am besten und ältere Leute aus der Nachbarschaft. Kennst du Bens Nachbarn?«

Alexander nickte grimmig und riss Neneh den Drink geradezu vom Tablett.

»Was sagt Max denn? Übernimmt er die Verteidigung überhaupt?«

Für die Frage fing sich Ethan einen verächtlichen Blick ein

»Natürlich«, knurrte Alexander und leerte das Glas in einem Zug. »Das ist er mir schuldig.«

Tara konnte nicht mehr. Sie machte dicht, hörte nichts mehr vom Gespräch und wollte sich krümmen vor Schmerz. Das Bild verschwamm vor ihren Augen und ihre Gedanken flogen zum Gestern. Mit jeder Sequenz, die in ihrem Geist aufblitzte, wurde es qualvoller, unerträglicher.

Wie von fern drang Savannahs Stimme zu ihr. »Tara, du zitterst ja …« Sie rief sie, einmal, noch einmal, und Tara zwang sich, ihren Blick zu fokussieren.

Savannah beugte sich über sie, starrte sie aus verheulten Augen an und wollte eine Hand an ihre Wange legen. Weil sich Tara abrupt aufsetzte und ihrer Berührung auswich, ging sie auf Distanz und murmelte etwas von einem Beruhigungsmittel. Tara stand auf, blickte von Savannah zu ihrem Vater und schließlich zu Ethan, ohne einen von ihnen tatsächlich anzuschauen.

»Ich muss nach Hause«, murmelte sie. »Ich brauche Zeit für mich.«

»Liebes, bist du sicher, dass du Auto fahren kannst?«, fragte Savannah. »Du kannst für die Nacht gern eins der Gästezimmer haben und dich ausruhen. Wir sollten jetzt alle zusammen sein, Kraft schöpfen und eine Strategie überlegen.«

Sie würde kotzen, wenn sie nicht sofort frische Luft bekam!

»Ich kann fahren«, presste sie hervor, kniff dann den Mund zu und ging aus dem Zimmer – Schritt für Schritt, um Fassung bemüht. Die verlor sie gänzlich, als sie unter freiem Himmel stand und von der trügerisch anheimelnden Abendsonne geblendet wurde. Sie keuchte und versuchte, gegen die Tränen anzukommen, doch die waren nicht aufzuhalten. Weil ihr Herz bei jedem Schlag stach, presste sie eine Faust vor die Brust und schleppte sich wie in Trance zu ihrem Auto, entriegelte es, rutschte hinter das Lenkrad und schlug die Tür zu. Ihr Blick fiel auf das Handy, das auf dem Beifahrersitz lag. Sie nahm es und aktivierte das Display. Fünf Anrufe hatte sie verpasst, drei von Kat, zwei von Julien.

Sein Name genügte. Sie keuchte abermals, wollte viel lieber schreien und das Telefon wegwerfen, da klingelte es. Er rief an.

Taras Hände zitterten, als sie das Handy ausschaltete und in ihrer Tasche verschwinden ließ. Dann schob sie den Schlüssel in die Zündung, startete den Motor und fuhr nach Hause.

KAPITEL 14

Für den Rest der Woche hatte sich Tara krank gemeldet. Beim Anruf am Lehrstuhl war man ihr verständnisvoll begegnet – natürlich, ihr Name war in allen Medien: *LaLaurie, der Mörder, wahrscheinlich doch verwandt mit der berüchtigten Sklavenschänderin Delphine* ... Die benötigte Zeit sollte sie sich ruhig nehmen. Tara fühlte sich, als würde sie eine Ewigkeit brauchen. Sie wollte die Koffer packen und aus New Orleans abhauen, fort von ihrer kranken Familie, den Journalisten und Fotografen und all den Leuten, die ihren Namen tuschelten. Vor allem aber wollte sie aus Juliens Nähe verschwinden. Ihr Herz wollte ihn lieben und nicht glauben, dass er sie so hintergangen hatte, doch ihr Verstand beharrte darauf, dass er sie die längste Zeit dumm gemacht hatte.

Ihr Job und Kat hielten sie.

Das Handy hatte sie nicht wieder eingeschaltet, und ihre Festnetznummer kannte Julien nicht.

Tara konnte sich vorstellen, dass ihre Mailbox inzwischen vollgesprochen war, doch sie mochte kein Wort von ihm hören, ihn geschweige denn sehen, keine Nachricht lesen. Sie hätte ihn gern aus ihrer Erinnerung gelöscht, sich mit einem Knopfdruck von allem Herz- und Seelenleid befreit, doch abgesehen davon, dass dieser Knopf noch erfunden werden musste sorgten die Medien dafür, dass sie Tag für Tag, Stunde um Stunde an ihn dachte und von einem extremen Gefühlszustand in den anderen driftete. Zum Fall ihres Bruder musste sie sich auf dem Laufenden halten, um auf die Öffentlichkeit vorbereitet zu sein — verließ sie das Haus auch nur für Einkäufe.

Als Vertreter der Nebenklage hatte Julien eine große mediale Präsenz und es schien, als sei das Interesse an ihm größer als an der neuen Staatsanwältin. Mal wurden Statements von ihm wiedergegeben, mal fiel nur sein Name. Andere Male war er in Interviews, um die Menschen in New Orleans, bald auch über die Grenzen von Louisiana hinaus, über Fortschritte zu informieren.

Das waren einige. Unter anderem hatten die Untersuchungen von Janets Leichnam ergeben, dass sie Ben die Kratzer im Gesicht unmittelbar vor ihrem Tod zugefügt hatte. Darüber hinaus hatte sich ein Nachbar gemeldet, der das Paar an früheren Tagen hatte streiten hören. Seiner Aussage zufolge hatte Ben Janet einmal gedroht, sie umzubringen, was der Nachbar allerdings nicht ernst genommen hatte, weil er das für eine inzwischen häufig verwendete Phrase hielt. Nicht zuletzt war in Bens Haus ein Paar Sneakers gefunden worden, an dessen Sohlen Erdreste klebten, deren Struktur identisch war mit der Struktur der Erde am vermuteten Tatort. Dieser befand sich an einer Stelle am Flussufer, wo man nicht nur Kampfspuren und Fasern von Janets Kleidung gefunden hatte, sondern auch Büschel von Bens Haaren.

Ben selbst schwieg zu den sich mehrenden Indizien und ließ seinen Anwalt, Max Boyer, sprechen. In einem schon hilflos wirkenden Statement hatte der angegeben, dass sich sein Mandant und das Opfer noch am Mississippi versöhnt und ein emotionales Liebesspiel begonnen hatten, das durch einen streunenden Hund unterbrochen worden war. Abdrücke von Hundepfoten wurden allerdings nirgends gefunden.

Aufgrund der Beweislast hatte die neue Staatsanwältin heute Morgen, am dritten Tag nach Bens Festnahme, öffentlich Anklage erhoben. Alexander tobte, Savannah spuckte Gift und erwartete dasselbe von Tara. Indem sie ruhig blieb, erfüllte sie die Erwartungen wieder einmal nicht.

Das ist nicht mein Bruder!, sagte ihre innere Stimme immer lauter und: *Das ist nicht meine Familie!* Ein dritter Satz war hinzugekommen: *Ich liebe dich nicht, Julien Cavanaugh, das hab ich nie!*

Wenn sie sich das sagte, schmerzte ihre Brust mehr als sowieso. Das beständige, unter ihrem Brustbein sitzende Zerren war dann besonders schlimm, und sie musste durchatmen, an ihre Vernunft appellieren und warten, dass es nachließ. Sie wusste, dass sie sich ablenken musste, indem sie irgendwas Sinnvolles tat, statt mit der Couch zu verwurzeln und Tarotkarten auf den Fernseher zu schnippen, doch sie war mental und physisch lahmgelegt. Sie konnte nicht einmal essen, denn neben der Übelkeit war kaum Platz für einen Apfel, und zu schlafen war unmöglich, weil ihre Gedanken beim Traumdriften noch mehr dröhnten als im Wachsein.

Als es klingelte, warf Tara die Wolldecke zurück, in die sie sich auf der Couch eingekuschelt hatte und schlurfte zur Tür. Sie hätte ihren Schlafanzug gegen ein Schlabberoutfit tauschen und ihre Scheißegal-Frisur zu einem Zopf flechten können, doch das war ihr zu anstrengend gewesen, und sie erwartete auch bloß Kat, die wusste, wie sie drauf war. Obwohl John nicht begeistert war, den Freitagabend im Missi Spirits mit Aushilfen managen zu müssen, hatte sie sich freigenommen. John würde es überleben.

Tara öffnete und war eine Sekunde verwirrt, weil nicht Kat, sondern Ethan vor der Tür stand.

»Hast du eine Minute?«, fragte er und trat in den schmalen Korridor.

Tara zuckte innerlich mit den Schultern, schloss die Tür hinter ihm, schlurfte an ihm vorbei zurück ins Wohnzimmer und ließ sich wieder auf die Couch fallen. Ethan folgte ihr und nahm in einem Sessel Platz.

Sein Mitgefühl klang echt: »Das nimmt dich ganz schön mit, was? Ist nicht leicht für alle Beteiligten.«

Tara betrachtete ihn länger, bevor sie antwortete. Er kam aus einem bestimmten Grund, und sie hatte eine Ahnung, welcher das war.

»Am schwierigsten ist es ohne Zweifel für Janets Familie.«

Ethan nickte und fuhr sich mit seiner großen Hand übers Gesicht, wie er es immer tat, wenn er genervt oder gestresst war. »Ganz anständige Leute sind das. Haben eine Physiotherapie mit fünf Angestellten, in der Janet ausgeholfen hat, wenn sie keine Tanzstunden gab. Glaub nicht, dass sie ein Luder war. An der Stelle ist kein Weiterkommen.«

Tara spürte das Kribbeln der Wut in ihrer Brust, eine beinahe willkommene Abwechslung zur Lethargie.

»Janet war ein sehr liebes Mädchen, das nicht nach Bens Pfeife tanzen wollte, und wenn du den Plan meines Vaters tatsächlich unterstützen willst, solltest du überlegen, ob du den richtigen Job hast.«

Ethan hasste Kritik an seinen Handlungen. Insbesondere von Tara. Ein verärgerter Ausdruck trat in seine Augen und sein Gesicht verzog sich, als wolle er zurückschießen. Erstaunlicherweise beließ er es bei einem leisen, eindringlichen, um Verständnis heischenden: »Dein Vater ist ein Freund.«

»Und Ben ist ein Mörder.«

»Wieso bist du davon so überzeugt?«

»Weil er ein gewalttätiger Mensch ist, jähzornig und aggressiv. Das war er schon als Kind. Hat er nicht bekommen, was er wollte oder fühlte er sich aus dem Mittelpunkt gedrängt, hat er so lange gebrüllt und um sich geschlagen, bis alles nach seinem Wunsch lief. Das Integrieren und Manipulieren von Menschen hat er außerdem früh gelernt.«

»Und heute?«

»Heute ist es nicht viel anders, mit dem Unterschied, dass er mehr Kraft hat. Seit er kokst tickt er noch leichter aus.« Nach einem Zögern erzählte sie Ethan von Bens und Janets Streit am Geburtstag ihres Vaters.

»Das war mutig von dir, dazwischenzugehen«, sagte er dazu.

Tara schnaubte. »Das war selbstverständlich.«

»Er hat Janet dann in Ruhe gelassen?«

Abermals haderte sie mit sich und entschied sich für die Wahrheit. »Nur, weil er auf mich konzentriert war.«

Ethans Kieferknochen arbeiteten. »Er hat dich angegriffen?«

»Nicht zum ersten und letzten Mal.«

Ethans Blick wurde leer, als dächte er über etwas nach. »Das hat er also gemeint«, murmelte er.

»Wer hat was gemeint?«

»Eisauge … Julien Cavanaugh. Vor ein paar Tagen sind wir uns in einer Bar begegnet und er hat mir vorgeworfen, ich hätte nicht auf dich geachtet. Ich hatte das anders interpretiert.«

Tara musste wegsehen, um den jetzt wieder brüllenden Schmerz vor Ethan zu verstecken. Ihre Blicke huschten durch ihr Wohnzimmer, auf der Suche nach irgendwas zum dran hängen bleiben.

»Da läuft was zwischen dir und ihm, richtig?«, hörte sie Ethan fragen und schüttelte den Kopf.

»Nein.«

»Wieso weiß er das dann?«

Tara überwand sich, sah Ethan wieder an und bemühte die Gleichgültigkeit in ihre Miene.

»Keine Ahnung. Wahrscheinlich hat er mein Veilchen gesehen. Anders als du.«

»Du hättest es mir auch ganz einfach sagen können.«

»Natürlich …« Tara fand, dass es Zeit war, auf den Punkt zu kommen. »Warum genau bist du hier, Ethan?«

»Um dir zu sagen, dass es keine gute Idee ist, mit dem Anwalt, der deinen Bruder anklagt, zu vögeln. Deinen Eltern würde das einen zusätzlichen Schlag versetzen, und welchen Eindruck das der Öffentlichkeit vermittelt …«

»Die Öffentlichkeit ist mir egal!« Abermals kochte Wut in ihr hoch; diesmal trieb sie ihr Herz an. »Meine Eltern sind mir egal und Cavanaugh ist es ebenfalls.« Weil Tränen in ihre Augen schossen, stand sie auf und ging in den Flur, in der Hoffnung, dass Ethan das als Rausschmiss verstand. »Ich hoffe lediglich, er und die Staatsanwältin machen einen ordentlichen Job und sorgen dafür, dass Ben die Strafe bekommt, die er verdient.«

Ethan kam ihr nach.

»Man sieht sich«, sagte er im Rausgehen, riss die Tür auf und prallte gegen Kat, die gerade klingeln wollte.

Unter knappen Entschuldigungen drückten sich die beiden aneinander vorbei. Für Tara ging der Wechsel zu schnell. Sie war noch sauer auf Ethan und nicht auf Kats lockeres Wesen eingestellt, begrüßte sie mit einem steifen »Hallo« und stand orientierungslos im Raum.

Kat stellte eine Tasche ab, nahm sie bei der Hand und zog sie mit sich, durch das Wohnzimmer und in den Garten.

»Du siehst aus, als könntest du Sonne vertragen«, lautete ihr Kommentar.

Sie nahm die Polster von den Stühlen, legte sie auf dem hochgewachsenen Rasen zu einer Liegefläche aus und verschwand im Haus. Tara setzte sich und streichelte Shadow, der sich über Gesellschaft in seinem neuen Domizil freute. Aus der Küche drangen das Klimpern von Geschirr und das Rascheln von Tüten. Wenig später kehrte Kat mit einem Tablett zurück, auf dem Schüsseln mit Weintrauben, Erdbeeren und Schokolade, Wasser, Wein und Gläser standen.

»Ich vermute, du hast in letzter Zeit nicht viel gegessen.« Sie hockte sich zu Tara.

»Ich bringe nichts runter.«

»Kann ich verstehen, aber das hier alles rutscht gut.« Sie hielt Tara die Schüssel mit den Erdbeeren unter die Nase.

Tara nahm eine Frucht und biss die Spitze ab. Der süße Saft stimulierte ihren Geschmacksnerv, und so steckte sie den Rest der Erdbeere in den Mund.

»Na bitte, es geht doch.« Kat lachte.

Tara konnte die Mundwinkel nur ein bisschen nach oben ziehen und kämpfte schon wieder mit den Tränen, als Kat eine Hand auf ihre Schulter legte und ihr über den Arm strich.

»Tut mir furchtbar leid, was geschehen ist.«

»Es ist ein Albtraum.«

»Ja, schrecklich! In der Bar wird ständig davon gesprochen. Alle hoffen, dass Ben zur Rechenschaft gezogen wird, und Julien hat schon einen riesigen Fanclub. Wusstest du, dass er Janets Familie vertritt, ohne Kohle dafür zu verlangen?«

Das war Tara natürlich zu Ohren gekommen, und der scheinheilige, vermeintlich edelmütige Zug fügte sich wunderbar in das neue Bild von Julien. Da sie still blieb, fuhr Kat fort:

»Hast du mit ihm gesprochen?«

»Worüber denn?«

»Über euch natürlich.« Kat öffnete den Wein und schenkte ihn in die Gläser. Sie reichte Tara die Schüssel mit der Schokolade und stellte sie mit einem Seufzen wieder ab, weil Tara nichts davon wollte.

»Wenn ihr nicht redet, kommst du nie aus diesem Tief raus.«

»Ab nächster Woche bin ich wieder an der Uni. Dann wird es schon besser.«

»Damit verdrängst du das Problem nur, du löst es aber nicht.«

»Ich muss kein Problem mehr lösen. Ich habe verstanden.« Tara zupfte eine Weintraube ab, drehte sie zwischen den Fingern. »So klar ist mir jetzt alles … seine Reaktion auf meinen Namen, als er meine ID aufgehoben hat, seine Geheimniskrämerei.«

»Ach ja, und was genau ist da nun klar?«

Tara aß die Traube. Die bitteren Kerne und die schwer zu schluckende Schale spülte sie mit Wasser runter. Dann erzählte sie Kat, was sie erfahren hatte.

»Nichts war echt«, sagte sie abschließend. »Als ihm klar war, wer ich bin, hat er eine Chance gesehen. Er hat mich benutzt, mit mir gespielt und hätte dieses Spiel irgendwie weitergetrieben, hätte ihm Ben nicht eine viel bessere Möglichkeit geboten. Jetzt hat er seinen perfekten Racheakt. Er wird Ben vor Gericht zerren und die Todesstrafe beantragen.«

»Das ist krass!« Kat rieb sich über die Arme. »Mal ganz davon abgesehen, dass kaum einer in New Orleans an Bens Schuld zweifelt. Die meisten wollen ihn tot sehen.«

Tara legte sich zurück und sah in den Himmel, über den von der Abendsonne rosa gefärbte

Wölkchen segelten. Shadow, der bei ihnen saß, machte es sich auf ihrem Bauch bequem, wie er es schon als Babykater getan hatte.

»Ich bin kein Verfechter der Todesstrafe«, murmelte sie und streichelte den Kater, »aber ich verstehe die Menschen, die glauben, dass jemand, der einen anderen getötet hat, sein Recht auf das Leben verwirkt hat.«

Kat nippte an ihrem Glas, stellte es zurück auf das Tablett und plumpste ebenfalls in die Waagerechte. Sie grübelte und äußerte einen üblen Gedanken: »Hältst du es für möglich, dass Julien den Mord an Janet eingefädelt und ihn Ben in die Schuhe geschoben hat?«

Tagelang war Tara allein gewesen. Natürlich hatte sie darüber nachgedacht, es aber ausgeschlossen und verdrängt.

»Er wusste nichts von Janet. Klar, er könnte Ben beobachtet oder jemanden beauftragt haben, aber in der Nacht, als der Mord geschah, waren wir zusammen.«

»Hm!« Kat verschränkte die Arme vor der Brust, weil die Sonne hinter den Bäumen verschwand und es kühl wurde. »Ein Alibi hätte er damit auch. Und wer verdächtigt schon den Anwalt selbst?«

»Verdammt, Kat! Ich dachte, du päppelst mich auf. Würdest du die Spekulationen wohl lassen? Glaub mir, ich hab sie alle durch.«

»Sorry …« Kat setzte sich auf und struwwelte sich durch die blonden Haare. »Wie ein schlechter Film klingt das alles, noch mehr Drama würde mich nicht wundern.«

»Es ist Drama genug.«

»Ihr habt also eine Nacht zusammen verbracht?«

»Ja, und um deiner Frage zuvorzukommen: Es war grandios, nicht nur der Sex, einfach alles. Er hat mich in der Bibliothek überrascht und mit zu sich nach Hause genommen. Es hat sich so gut angefühlt und ich hab es so genossen … so sehr. Das macht es so schlimm.«

Kat betrachtete Tara. Ihr zur Schnute gezogener Mund verriet, dass ihre Gedankenmühle wieder mahlte.

»Du spekulierst auch gerade«, sagte sie irgendwann. »Du solltest wirklich mit ihm reden. Wenn er dir tatsächlich alles vorgegaukelt hat, wirst du es erfahren.«

Kat stand auf, um zur Toilette zu gehen. Tara blieb liegen, legte die Arme über die Augen und stellte sich vor, wie ein Treffen zwischen Julien und ihr jetzt ablaufen würde. Kats Stimme unterbrach das.

»Hey, es gibt News«, rief sie aus dem Wohnzimmer. »Dein Anwalt ist im Interview. Offenbar hat sich eine von Bens ehemaligen Freundinnen gemeldet und von körperlichen Angriffen erzählt.«

Tara war schnell auf den Beinen. Sie setzte Shadow ab und lief zu ihrer Freundin vor den Fernseher, dessen Lautstärke bis eben stumm geschaltet gewesen war. Vor dem Gerichtsgebäude von New Orleans stand eine ganze Horde Reporter um Julien herum und streckte ihnen die bunten Mikrofone hin. Er berichtete von einer Frau, deren Name vorerst nicht bekanntgegeben würde. Vor einem halben Jahr war sie mit Ben zusammen gewesen, hatte sich aber nach drei Wochen wegen seines Drogenkonsums und seiner unkontrollierten Wutausbrüche von ihm getrennt. Aus Angst vor seiner Reaktion war dies per SMS geschehen.

Tara hatte keine Ahnung, wer die Frau war. Sie hatte nur wenige von Bens Freundinnen kennengelernt. Ohnehin war ihre Person für den Moment weniger von Bedeutung, sondern vielmehr die Tatsache, dass sie so mutig war, gegen ihn auszusagen.

Nun informierte Julien die Presse, dass Ben die Frau nach ihrer Mitteilung zu Hause überrumpelt und sich Zutritt zu ihrer Wohnung verschafft hatte. Dort hatte er sie geschlagen, ihr den Arm gebrochen und ihre Katze durch einen Tritt misshandelt. Wegen seiner Drohung, ihr das Leben zur Hölle zu machen, hatte sie damals keine Anzeige erstattet und ihre Verletzungen ohne Angaben von Ursachen auf einer Unfallstation behandeln lassen. Das entsprechende Krankenhaus hatte dies inzwischen bestätigt und die Dokumentation der Verletzungen zur Einsicht zur Verfügung gestellt.

»Uff, Hammer!« Kat setzte sich auf die Couchlehne. »Der ist ja ein richtiges Herzchen, den haben deine Eltern toll hinbekommen. Sollte der den Knast je wieder verlassen muss er aufpassen, dass er niemandem vor die Schrotflinte läuft.«

»Im Knast dürfte es nicht angenehmer werden. Nicht, wenn er nach Angola kommt.«

Als Julien zu seinen nächsten Schritten befragt wurde, wich er aus und beendete das Interview. Der Sender blendete um auf eine Nachrichtensprecherin, die alle Fakten mit besorgter Miene zusammenfasste.

Juliens Bild hing noch in Taras Geist, als sie und Kat wieder im Garten auf den Kissen saßen. Die Schatten unter seinen Augen hatten ihn müde aussehen lassen. Beim Sprechen war er nicht locker gewesen, sachlich natürlich. Seinen ernsten, kühlen Blick hatte er auf den Fragesteller seitlich hinter der Kamera geheftet. Total fremd hatte er auf sie gewirkt.

Kats Worte drangen in ihre Gedanken: »Sprich mit ihm!«

Tara schüttelte den Kopf und nahm sich doch ein Stück Schokolade.

KAPITEL 15

Rache war der rote Faden, an dem sich die Handlung des Werkes aufzog, das Tara in den Vorlesungen der neuen Woche auf dem Plan hatte. Gemeinsam mit ihren Erstsemestern ging sie im Geiste an Bord der Pequod, um Captain Ahabs verzweifelte Jagd auf den weißen Wal, der ihm ein Bein abgebissen hatte, nachzuvollziehen.

Tara war in ihrem Element, eigentlich. Herman Melville gehörte zu ihren Lieblingsschriftstellern und *Moby Dick* zu den Werken, die ihre persönlichen Top Ten der literarischen Glanzleistungen anführten. Trotzdem fühlte sie sich unwohl, denn die Studenten waren zurückhaltender, und ständig musste sie jemanden zum Reden auffordern. Aufmerksamer waren sie allerdings auch – kein einziger schlief ein, allerdings galt ihr Interesse weniger der Literatur, sondern vielmehr ihrer Person. Einige hatten bei der Begrüßung nicht einmal das »Miss LaLaurie« über die Lippen gebracht, sondern es beim »Hallo« belassen. Gleiches galt für die Kollegen. Normalerweise hörte Tara das »Wie geht's dir?« so oft, dass sie es als Floskel abtat, doch an diesem Montag hatte noch keiner gefragt, wie es ihr ging. Die paar Dozenten, mit denen sie sich gut verstand, hatten sich erkundigt, ob sie wieder gesund war und Small Talk geführt, was Tara prinzipiell recht war, wären die Gedanken nicht so lesbar gewesen. Bei dem Aufstand, den Alexander und Savannah LaLaurie machten, glaubten alle, dass Tara gleichermaßen von der Unschuld ihres Bruders überzeugt war. Am liebsten hätte sie sich ein Schild um den Hals gehängt, auf dem stand: *Ich bin eurer Meinung und hoffe, er wird auf Lebenszeit eingebuchtet.*

Aber sie würde durchhalten und sich distanzieren, wenn sich irgendwann jemand überwand und sie auf Ben ansprach.

Nach der letzten Vorlesung, die bis neunzehn Uhr ging, zog sie sich in die Bibliothek zurück. Es gab nichts, das sie nachschlagen musste, sie wollte einfach den Trost der Bücher um sich haben, ihren Duft einatmen und mit Charlene zur Schließzeit Klassik hören. Wenn keine Arbeit wartete, stöberte sie immer in Werken der Dunklen Romantik, die sie noch nicht kannte, was auf einige europäische Sammlungen und Romane zutraf. Heute klemmte sie sich schwere Kost in Form von E. T. A. Hoffmanns *Der Sandmann* unter den Arm und suchte sich einen Leseplatz in der Halle.

Nach wenigen Seiten hatte sie ihre Umgebung ausgeblendet, bekam kaum mit, wer kam oder ging und sah erst auf, als ein dumpfes Geräusch ertönte. Eine letzte, noch anwesende Studentin transportierte einen Stapel Bücher und hatte eins fallen lassen. Tara streckte sich und gähnte, las noch ein bisschen und schlug das Buch zu, als die Studentin ging. Tara sah auf die Uhr. Es war kurz vor zehn, Zeit für Musik, und gerade überlegte sie, was sie sich heute von Charlene wünschen würde, da tirilierten die fröhlichen Töne von Mozarts *Kleiner Nachtmusik* durch die Bibliothek. Charlene tappte die Treppe herunter, ging zur Tür und schloss ab. Dann kam sie zu Taras Tisch, hockte sich auf die Kante und verschränkte die Arme vor der Brust.

»Schlimme Zeiten, hm?«, sagte sie.

Tara ahnte, dass Charlene damit nicht nur den Trouble der LaLaurie-Familie meinte, sondern auch auf Julien anspielte. Ziemlich sicher erinnerte sie sich an ihn – das war ein Leichtes bei seinem Aussehen – und wunderte sich, was der populäre Anwalt mit der Schwester des Mannes, gegen den er ermittelte, in ihrer Bibliothek trieb.

Charlene strich ihr über die Wange und legte ihr die Hand auf den Arm. Verständnis lag in ihren fast schwarzen, ehrlichen Augen.

»Es wird bestimmt bald besser. Hör auf dein Herz, Schätzchen! Die echten Geschenke des Lebens liegen selten auf ebenen Pfaden, die schon von Hunderten abspaziert wurden.«

Charlenes Blick fiel auf das Amulett. Andere hätten es in die Finger genommen, um es genauer zu betrachten, doch die Bibliothekarin rührte es nicht an.

»Wo hast du es her?«, fragte sie.

Tara schloss die Hand um das Amulett, weil ihre Haut darunter zu kribbeln begann. »Meine Freundin hat es mir zum Geburtstag geschenkt. Sie bekam es von einer Frau für einen Penny.«

Ein Lächeln umspielte Charlenes Mund. Sie knipste die Schreibtischlampe aus und stand auf. »Erzulie findet ihre Schützlinge.«

Auf dem Weg zu ihrem Desk hob sie die Arme, schwang ihren runden Hintern und dirigierte zu den Klängen der *Nachtmusik*. Mittendrin wandte sie sich um und sagte: »Nichts im Leben geschieht ohne Grund, das weißt du doch, oder?«

So ermunternd ihre Worte waren, Tara fand Charlenes Verhalten ziemlich merkwürdig. Sie benahm sich, als wusste sie mehr, als sie wissen konnte.

»Lass das Buch einfach liegen, ich bringe es gleich an seinen Platz.« Charlene klimperte mit ihrem Schlüsselbund. »Ich werfe dich jetzt raus, damit du *husch husch* nach Hause fährst.«

***

Auf der Heimfahrt war Tara so tief in Gedanken, dass sie über eine rote Ampel tuckerte. Das dröhnende Hupen von Autos auf der Querstraße, die bremsten oder auswichen, holte sie ins Jetzt.

Sie erschrak, trat aufs Gas und bretterte über die Kreuzung, preschte noch ein Stück weiter und fluchte über sich selbst. Vor der nächsten Ampel drosselte sie ihr Tempo, versuchte ihre Irritation loszuwerden und schaltete das Radio ein.

Ein einsames, simples Gitarrenintro ertönte. Tara wusste sofort, dass es *Pyro* von den Kings of Leon war und sie ächzte, weil sich ihr Herzschmerz zurückmeldete. Der Bass und die Drums setzten ein, die Gitarre wurde lauter, dann kam der so typisch heisere Gesang. Es war das Beste der Kings of Leon, immer gewesen und jetzt noch mehr. Tara heulte Rotz und Wasser, als sie und Caleb Followill gemeinsam sangen. Wie der Sänger wollte sie nicht hier sein und festhalten, was nicht zu halten war. Sie wollte loslassen und konnte doch nicht.

Als der Song zu Ende war, wünschte sie sich einen Repeat-Button, und weil es den nicht gab und ein anderes, nerviges Lied begann, stellte sie das Radio ab. Ein paar Minuten später fuhr sie in ihre Straße, vorbei an flackernden Laternen, leeren Gehwehwegen und dunklen Fenstern. Sie parkte vorm Haus, wischte sich die Tränen von den Wangen und stieg aus. In ihrer Tasche nach dem Schlüssel suchend, hastete sie über den gepflasterten Weg, der zur Veranda führte, sah auf, als sie den Schlüssel hatte, und blieb wie angewurzelt stehen, weil jemand auf ihrer Treppe saß.

Er trug eine graue Sweathose und einen Hoody, dessen Kapuze aufgeschlagen war, darunter ein Basecap, das Schatten auf sein Gesicht warf. Die Sneakers hatte er auch im Bayou angehabt.

Tara dachte nicht nach, als sie die Tasche fallenließ, kehrt machte und loslief, sondern lief einfach. Zuerst wollte sie zu ihrem Auto, doch als sie bei einem Blick über die Schulter sah, dass Julien aufgestanden war und ihr nachrannte, entschied sie sich für den Gehweg. Das Auto zu umrunden, einzusteigen, abzuriegeln und loszufahren hätte sie nicht geschafft. Alle Kraft schickte sie in ihre Beine, und wie schnell sie war, durfte ihm gerade klar werden. Sie würde sich nicht überrumpeln und zu einem Gespräch zwingen lassen. Sie wollte nichts hören. Noch immer nicht. Nie wieder.

An der nächsten Ecke bog sie in eine noch dunklere Straße ab und verschwand im Schatten einer Hecke in den hinter dem Gebäude liegenden Garten. Sie kannte die Grundstücke ihrer Straße, wusste, dass die Nachbarn keine Zäune oder Ähnliches hatten und hastete weiter, zurück in Richtung ihres Hauses, sprang über Kinderspielzeug, duckte sich unter aufgehängter Wäsche durch und huschte schließlich zur Straße. Sie musste zur Veranda. Abermals warf sie einen Blick über die Schulter, sah Julien nicht mehr, und wollte ihre Stufen hoch, da wurde sie gepackt.

Er zog sie an seine Brust, legte eine Hand vor ihren Mund und umschlang sie fester, wobei er sie mehr umarmte, als dass er sie bändigte. Adrenalin mischte ihr Blut auf. Der Herzschlag dröhnte in ihren Ohren. Ihr Atem ging in Stößen. Seine Umarmung nahm ihr alle Energie, und sein Duft machte sie schwindelig, als er sie Schritt für Schritt über die Treppe zur Tür drängte. Den Schlüssel, den sie noch umklammerte, nahm er ihr ab und schloss auf.

Drinnen gab er ihren Mund frei und ließ etwas lockerer, um die Tür zu schließen. Tara machte sich los, fuhr zu ihm herum und war für den Bruchteil einer Sekunde abermals gefangen – in seinem Blick diesmal. In jäher Verzweiflung wollte sie ihn wegstoßen, da schob er sie gegen die Wand und küsste sie.

Zuerst konnte Tara sich nicht rühren, gelähmt von seiner Nähe und der Intensität seines Kusses, der wie eine Bitte war, wie ein Flehen mehr noch. Dann zog sie ihm die Kapuze und das Basecap vom Kopf, vergrub die Hände in seinen Haaren und küsste ihn zurück. Sie schmiegte sich an ihn, um seine Kraft und seine Wärme zu spüren, um ihren Kummer zusammen mit seinem zu stillen, doch als er ihr die Jacke von den Schultern strich und seine Hände unter ihre Bluse fuhren, schrillte ein Alarm in ihr.

Sie stieß ihn von sich. Das Flehen, das in seinem Kuss gewesen war, las sie nun in seinen Augen, doch sie wollte nicht nachgeben und wandte den Blick ab, sank an der Wand hinab auf den Boden. Das Gesicht in die Handflächen gebettet versuchte sie, einen klaren Gedanken zu fassen.

Julien setzte sich vor sie, zog die Beine zum Schneidersitz heran und nahm eine ihrer Hände, um sie an seine Wange zu legen. Tara zog sie zurück, ballte sie und auch die andere im Schoß zu Fäusten.

»Lass mich allein«, wisperte sie mit gesenktem Kopf. »Und komm nie wieder her.«

»Das kann ich nicht«, entgegnete er leise.

»Ich will es aber.«

»Du redest dir ein, dass du es willst.«

»Und wenn es so ist«, entfuhr es ihr. Sie hob den Kopf und starrte ihn an. »Selbst wenn ich es mir einrede ... Wie dumm wäre ich, würde ich dir begegnen, als sei nichts geschehen, war ich doch dumm genug, auf dich reinzufallen. Ich war deine Chance, es meinem Vater heimzuzahlen ...«

Juliens Stimme verlor an Wärme. »Du irrst dich und ich erwarte nicht, dass wir weitermachen wie bisher.«

»Was sonst? Wie sollte das eben enden?«

»Ich möchte neu anfangen. Richtig anfangen, und dazu musst du wissen, dass ich dich nie benutzt habe. Okay, ich wusste sofort, wer du bist, aber je näher du mir gekommen bist, desto schwerer wurde es, dir zu sagen, wer ich bin.« Er raufte sich die Haare, ließ die Hände wieder sinken. »Versetz dich in mich! Das ist nichts, was man einfach so erzählt! Hallo, ich bin der Sohn von Michael Cavanaugh, der von deinem Vater in seinem Amt als ehrenwerter Richter wegen zweifachen Mordes zum Tode verurteilt wurde.« Er

226

verzog den Mund, stieß einen kratzigen Laut zwischen den Lippen durch. »Wie hättest du es an meiner Stelle gebeichtet?«

Tara musste nicht nachdenken. »Gar nicht«, antwortete sie. »Ich wäre auf Distanz gegangen.«

Julien schüttelte den Kopf. »Das konnte ich nicht. Ich konnte es so wenig stoppen wie du. *Schick ihr die Kette einfach!*, hab ich mir gesagt und auch: *Geh nicht mit ihr spazieren!* Aber mein Verstand war zu leise. Ich habe ihn überhört, beide Male und später, gedankenlos. Wegen dir. Nicht, weil du Alexander LaLauries Tochter bist. In vielen Momenten habe ich das sogar vergessen.«

Tara schnaubte. »Hast du es auch vergessen, als Ben festgenommen wurde und du sofort zur Stelle warst?«

»Nein. Da war es mir sehr bewusst.«

Tara wartete auf mehr, doch Juliens Mund schwieg. Lediglich seine Augen redeten und baten um Verständnis. Tara verstand nicht.

»Warum hast du den Job übernommen? Ohne bezahlt werden zu wollen noch dazu.«

»Aus genau drei Gründen.« Julien hob die Hand, um an seinen Fingern abzuzählen, und begann mit dem kleinen Finger. »In erster Linie bin ich Vertreter des Rechts und ein absoluter Verfechter von Gerechtigkeit.« Er nahm den Ringfinger hinzu. »Zum zweiten dachte ich an das Mal in deinem Gesicht und an deine Aussage, dass jeder irgendwann im Leben bekommt, was er verdient.« Der kalte Glanz von Verachtung blitzte in seinen Augen, als er den Mittelfinger zu den beiden anderen gesellte. »Zum dritten will ich Alexander LaLaurie fühlen lassen, was meine Mutter und ich gefühlt haben.« Er pausierte, schluckte und vertrieb den Hass aus seinem Blick. »Weil ich seinem ungerechten Urteil ein gerechtes gegenüberstellen will.«

Ein Schauder kroch über Taras Rücken. Sie verschloss sich vor Julien, verschränkte die Arme vor der Brust.

»Erstens«, antwortete sie, verzichtete aber aufs Abzählen. »Ich halte nichts davon, Gleiches mit Gleichem zu vergelten. Zweitens habe ich dich nie um Hilfe gebeten. Drittens gibt es mehr Vertreter des Rechts, die deinen Job machen könnten.«

»Nicht jeder würde ihn so gründlich machen wie ich.«

Tara ließ das so stehen. Ihr fiel etwas anderes ein: »Wie stellst du dir das überhaupt vor, du und ich ein Paar, während du gegen meinen Bruder vor Gericht ziehst? Man würde uns beide öffentlich durch den Dreck ziehen, uns lächerlich machen. Du würdest deine Glaubwürdigkeit verlieren, man würde dir Befangenheit unterstellen. Ich würde meinen Job an der UNO riskieren.«

Nur auf die Probleme, die Tara erwarten würde ging er ein: »Ich verspreche, allen Ärger von dir fernzuhalten, mit allen Möglichkeiten. Das verspreche ich, weil ich …« Er unterbrach sich, klappte den Mund zu, um den Rest des Satzes zurückzuhalten und blickte zur Seite, schien sich zu sammeln. Als er sie wieder ansah, war die Wärme zurück in seinen Augen.

Tara wartete.

Julien blieb still.

»Weil du?«

»Weil ich dich liebe.«

Sie hielt den Atem an. Sie spürte das Beben in ihrer Brust und verschränkte die Arme fester, doch es ließ sich nicht stoppen. Es breitete sich aus.

Liebe zu empfinden, verbunden mit der Gewissheit, geliebt zu werden, gehört zum Besten, das im Leben geschehen kann. Man sollte meinen, dass man vorbereitet war auf die Worte, wenn man es spürte und wusste, doch ihr Zauber war zu kraftvoll, die Zündung für ein Feuerwerk im Zentrum der Seele.

So gern wollte Tara die zwischen ihnen stehende Hürde überwinden und Julien antworten. Mit denselben Worten. Der Schmerz, diese Worte nicht ohne Weiteres aussprechen zu können, war heftiger als jeder andere, der sie in der vergangenen Woche gequält hatte. Sie wollte ihm ihre Hand hinhalten, wollte seine Berührung, doch sie bewegte sich nicht und schluckte die Tränen runter.

»Dann gib den Fall ab«, sagte sie stattdessen.

Sie hasste es, diese Forderung stellen zu müssen, und wünschte, er hätte es vorgeschlagen. Eine simple Sache, eigentlich.

»Tu es für uns«, fügte sie an, »wenn du an unsere Zukunft glaubst.«

Juliens Schreck war nahezu greifbar. Sein innerer Rückzug wurde mit jeder Sekunde deutlicher.

»Ich habe mich verpflichtet, und ich muss die an mich gestellten Erwartungen erfüllen.« Bei diesem Satz klang er so hoffnungslos, wie Tara sich gerade fühlte.

»Dann geh jetzt«, sagte sie. »Geh und erfüll die Erwartungen.«

Eine kleine Weile zögerte er, dann stand er tatsächlich auf. Er hob sein Basecap auf, rollte es in seiner Hand zusammen und zog sich die Kapuze über den Kopf. Nach einem letzten Blick zu Tara ging er zur Tür und öffnete sie. Sie wandte sich ab und schloss die Augen, als das Klacken des Türschlosses ertönte. Noch einen Moment lang lauschte sie der Stille, dann verkrampfte sie sich unter einem erstickten Keuchen. Aus dem Sitzen ließ sie sich zur Seite fallen. Das Amulett klimperte, als es an der Kette zur Seite entlang rutschte und auf dem Boden landete. Tara rollte sich zusammen, indem sie die Beine dicht an den Körper zog und die Arme darum schlang.

Wie aus der Ferne drang Shadows Schnurren an ihr Ohr. Seine nasse Nase strich über ihre Wange, als er mit ihr schmuste. Zum Trost, den er ihr, von seinem siebten Sinn geleitet, geben wollte.

Tara war unfähig, diesen Trost anzunehmen. Sie rollte sich weiter zusammen, kniff den Mund zu, um nicht zu schreien und erinnerte sich an Charlenes Aussage, dass alles aus einem bestimmten Grund geschah. Ein Grund, warum ihr Julien Cavanaugh begegnet war, fiel ihr nicht ein – kein guter zumindest – und sie verwünschte die Minute, in der es geschehen war.

TO BE CONTINUED

ÜBER DIE AUTORIN

Jules Saint-Cruz ist das Pseudonym einer deutschen Autorin, die in unterschiedlichen Genres schreibt. Andere erotische Romane wurden unter ihrem Pseudonym Alexa McNight veröffentlicht.

Jules Saint-Cruz wird inspiriert vom Leben, das gelebt und geliebt werden will. Süß ist es, bittersüß manchmal. Sonnig ist es, doch wo Sonne ist, gibt es auch Schatten. In ebendiese Schatten taucht die Autorin ein und sucht die Storys, die wirklich erzählt werden wollen. Die Charaktere, die sie auf dieser Suche findet, haben Ecken und Kanten; eigenwillig sind sie und in ihren Handlungen nicht immer zu verstehen. Gefunden werden sie in dem einen Moment, der Zweifel aufwirft und das Potenzial besitzt, alles zu ändern - ohne jedoch ein Happy-End-Versprechen zu geben.

Mit ihren erotischen Romanen stellt sich Jules Saint-Cruz der Herausforderung, mehr zu Papier zu bringen als Worte, die eine körperliche Reaktion auslösen. Sie glaubt, dass Sex erst dann wirklich gut ist, wenn er eine Basis hat. Auf dieser Basis will sie ein Kopfkino erzeugen, das die Fantasie des Lesers aufblühen lässt - all dies begleitet von der leisen Botschaft, dass so etwas wie Euphorie und Erfüllung in den seltensten Fällen zu finden sind, wo man sie sucht.

MEHR LESEN

LaLaurie – Dunkle Spiele ist Teil 1 einer Trilogie

Weitere Teile sind:

LaLaurie – Stumme Herzen (ET Juni 2015)
LaLaurie – Purpurne Träume (ET Juli 2015)

Für mehr Informationen besuchen Sie mich auf

Facebook: www.facebook.com/julessaintcruz
Web: www.lustzeilen.de

Unter dem Pseudonym Alexa McNight im blue panther books Verlag erschienen sind:

SehnSucht (2011)
NeuGier (2012)
LebensLust (2013)